Jorge Lanata

Polaroids

punto de lectura

© Jorge Lanata, 1990
lanata@gmail.com
c/o Guillermo Schavelzon & Asociados, Agencia Literaria
info@schavelzon.com
© De esta edición:
Punto de Lectura Argentina S.A., 2007
Av. Leandro N. Alem 720, (1001) Ciudad de Buenos Aires

ISBN: 978-987-578-058-3

Hecho el depósito que indica la ley 11.723
Impreso en Uruguay. *Printed in Uruguay*
Primera edición: abril de 2007

Diseño de cubierta: Adriana Yoel
Imagen de cubierta: Francesco Molfetta, *Perdere la vista*, 2005.
   Cortesía de Duedart Gallery (Varese, Italia).
Fotografía del autor: Alejandra López
Diseño de colección: Punto de Lectura

Lanata, Jorge
Polaroids - 1ª ed. - Buenos Aires : Punto de Lectura, 2007.
128 p. ; 19x12 cm.

ISBN 978-987-578-058-3

1. Narrativa Argentina. I. Título
CDD A863

Se terminó de imprimir en los Talleres de Pressur Corporation S.A.,
Colonia Suiza, República Oriental del Uruguay.

JORGE LANATA

Polaroids

A Bárbara Lanata

Agradecimientos

A Tomás Eloy Martínez, Juan Forn y Gabriela Esquivada, que descendieron a los borradores de este libro.

A Pablo y Gustavo Feldman, Gary Vila Ortiz, Fito Páez, Gustavo Mainardi, Reynaldo Sietecase y el Pitufo —que nunca compró la botella de JB—, por Santa Fe y Rosario.

A Jaime Correas por los detalles más insólitos y encantadores de la vida de Cortázar en Mendoza.

A Adolfo Bioy Casares por la idea del cordero y el lobo que aparece en "Oculten la Luna".

A Andrea Soutullo, que tradujo los poemas de Raymond Carver que se transcriben en "Un pez en el aire".

A Graciela, por Holly.

Prólogo

Todas las historias de este libro, excepto una, sucedieron.

El almirante Massera duerme veinte minutos, tiene casas en Punta del Este y Barra de Tijuca, y alguna vez recibió a Henry Kissinger en su departamento de Avenida del Libertador

Julio Cortázar fue profesor de Literatura en la Facultad de Filosofía y Letras de Mendoza y —contra lo que el mismo Cortázar le dijo a Borges en París— fue allí donde publicó su primer cuento, "Estación de la mano".

Alguien robó una noche en 1985 el Puente Colgante Ingeniero Candiotti, trescientos metros de hierro forjado sobre la laguna Setúbal, a las orillas de Santa Fe. El puente fue vendido como chatarra. Raymond Carver dio una charla en el Jockey Club de Rosario durante 1980. Allí, frente al Paraná, vio cómo un pez, detenido en el aire, se soltaba del anzuelo. Encerró ese viaje en dos poemas.

Oscar Wilde supo que la policía estaba en camino para detenerlo y llevarlo a la cárcel de Reading una hora antes de que llegaran a su casa, y no escapó. En el Palacio de Justicia de Buenos Aires hay un expediente que crece lenta pero inexorablemente, como los vegetales. Se trata de un proceso en el que los roles se revirtieron: el victimario se transformó en víctima y diseñó, sin saberlo, una paradoja de la justicia argentina.

"Polaroids", el cuento que da título a este libro, pertenece al incierto género de la ficción. Resultó, sin embargo, el más real de todos. La vida de un viajante de comercio que descubre agujeros negros en su memoria no es más que la metáfora individual de una enfermedad colectiva. Este país escribe todo el tiempo su historia sobre la arena.

En un estrado de la Universidad de Columbia, Bertrand Russell fue blanco de una pregunta idiota:

—¿Qué consejo les daría a los jóvenes?

—Yo no soy quién para darle consejos a nadie —contestó—. Sólo puedo decirles dos cosas: hagan el amor la mayor cantidad de veces que puedan, y fíjense bien lo que quieren ser, porque uno es lo que quiere ser.

Quise ser *Polaroids*. Ahora este libro se pierde, condenado a la ambigüedad.

Publicar es una exhibición de la que resulta difícil escapar. Se lo hace sabiendo que —afortunadamente— no alterará la vida a nadie, pero comprometerá la propia.

J. L.

Veinte minutos

Papá nunca deja rastros. Incluso ahora, que trata de evitar el mal humor durmiendo, está tirado sin desarmar la cama. Hace un rato le gritó a mamá desde el pasillo:

—Lilí, llamame en veinte minutos.

Papá puede dormir veinte minutos. Duerme con la precisión de un horno a microondas.

—Avisame en veinte minutos —advierte.

O quince. Pero al rato se levanta exacto, nuevo, alisa la colcha y deja en el aire, por un par de segundos, una pequeña nube de Paco Rabanne. Mamá vive pendiente del reloj; pronuncia en voz alta la cuenta regresiva de los últimos diez segundos y entonces grita desde el vestidor:

—¡Negro! ¡Despertate!

Pero Papá ya está levantado, y sale a caminar, o me lleva de compras al supermercado. Papá odia ir al supermercado y hacer las compras, pero odia más Punta del Este, y se aburre y tal vez en el fondo le divierten los comentarios de los argentinos que murmuran entre las estanterías cuando la cara de Papá aparece.

Ayer una alarma secreta hizo saltar de su sillón al gerente del Super Uno, que se acercó a nuestro carrito y preguntó:

—¿Lo ayudo, Almirante?

Papá ni le contestó, sin dejar de sonreír avanzó hacia una pila de latas de tomate. El gerente tenía jogging azul y creo que se maldijo porque justo esa mañana salió sin saco y corbata.

Papá miró el precio de una botella de Gordon's y sacó tres, y después una de piña colada.

—Es rica —me dijo—. Bien fría.

—Es usted, ¿no? —preguntó una gorda, congelada ante la aparición. Tenía dos frascos de yogurt en la mano izquierda.

—Soy —dijo Papá con una sonrisa, y le dio la espalda.

—¿Me firma? —pidió la gorda, que mágicamente convirtió uno de los yogures en un cuadrado blanco de papel.

Papá se frenó, buscó una lapicera en el bolsillo, la encontró y la gorda dijo:

—Esther, ponga para Esther. Cuando se lo cuente a Carlos no me va a creer Ahora vivimos en Miami, pero queremos volver a la Argentina. Nos fuimos cuando empezaron con los secuestros. A Carlos lo amenazaron los Montoneros. Lo llamaron una vez, y no esperamos que volveran a llamar. Carlos creía que era una broma pesada de alguno de los del directorio, pero en esa época nadie estaba para bromas, ¿no le parece?

Papá, en esos casos, sólo pronuncia frases de circunstancia.

—Vengan, nos hacen falta. Gente como ustedes nos hace falta —le dijo a la gorda estirando la mano.

—Gracias —dijo la gorda, y sacudió la mano de Papá y me dio un beso—. Vos sos...

—Claudia —dije yo y seguimos empujando el carrito.

—Qué linda es —oí que decía la gorda mientras avanzábamos hacia la caja.

—La gorda me afanó la lapicera —dijo Papá en el auto, pero ya doblábamos hacia La Mansa.

—Era una Bic.

—Aunque fuera una MontBlanc. Menos mal que era una Bic.

—Ya sé, que no importa, digo.

—Soy yo el que dice si importa o no importa.

—¿Y la Cross que te regalé?

—Por ahí debe andar —dijo Papá mientras intentaba sintonizar algo en la radio.

—La perdiste también.

—Me la robó Gracielita Alfano.

—No digás eso delante de mamá, que sabés cómo se pone.

—Mirá —dijo Papá y señaló el sol. Estábamos parados en un semáforo. Punta del Este era violeta y gris.

—Y vos que preferías ir al departamento de la Barra —le dije.

—¿Qué Barra?

—La Barra de Tijuca.

—Sí.

—¿Esto no es mejor?

—Qué novedad. Igual voy a ir allá, en febrero.

—¿Vamos a ir?

—Voy a ir —dijo él antes de bajar—. Ayudame con las bolsas.

Papá ya durmió cinco de sus veinte minutos. Yo sigo en el living, tirada frente a la ventana que da a la playa, miro el mar, miro el teléfono y un reloj de pared. Llamó Marta Lynch, que está en José Ignacio, que va a quedarse hasta el veinte, que si sigo tan linda como siempre, como siempre no, más, que Piero quería hablar con Papá de un proyecto, que cómo no estoy en la playa, que tenemos que ir juntas a la Posta del Cangrejo, que claro, que bueno, que un beso grande. No dijo beso, dijo besote. Seis minutos.

—¿Lo llamás vos? —me pidió mamá hace un rato, y volvió ansiosa al vestidor a probarse por enésima vez el collar que le mandó Ricciardi como regalo de Navidad.

—Es tan distinguido —dijo mamá con la mirada perdida en el espejo.

—Lo llamo yo.

Sé que va a despertarse solo, como siempre, pero mientras controlo el reloj me siento dueña de su futuro. De sus próximos quince minutos. Dos chicos con trajes de neoprene y una tabla se sentaron a charlar en la vereda. En Buenos Aires, la custodia ya los hubiera sacado.

Desde este sillón la casa parece vacía. El teléfono ya sonó tres veces; parecía una exageración: me siento a cargo de un conmutador. Llamó Mitjans, el escribano. Que vuelve a llamar. Después sonó otra vez pero cortaron.

—Era equivocado —dijo mamá aquella vez, en Buenos Aires. "Quién era", preguntó Papá. "Uno que dijo que era amigo de una tal Marta Mac Cormack", contestó mamá. "No era equivocado" —dijo Papá sirviéndose un gin-tonic. Nadie volvió a hablar del tema.

Mamá sale del cuarto sin el collar.

—¿Hoy es jueves? —me pregunta.

—Miércoles.

—Faltan dos días —dice.

—¿Para qué?

—Viene Elenita. Me tengo que arreglar dos vestidos. El azul y ese ocre divino.

—No viene, ma, Elenita viene cuando estamos en Buenos Aires.

—Ya sé dónde estamos, me tratás como si fuera una loca. Viene. Yo hablé con ella ayer.

—Buenísimo; yo tengo ese Wrangler que se me cae.

—Dejámelo en el cuarto —dijo mamá desde el pasillo, y al rato oí el televisor de la cocina.

—¿Ya es hora? —gritó.

—No, falta. ¿Vos no vas a Brasil? —le pregunté.

—¿Cuándo?

—En febrero.

—No, ¿quién te dijo? No. ¿Dónde, a Brasil?

—Al departamento de la Barra.

—No.

—Él sí.

—¿Cuándo te lo dijo?

—Ayer, cuando volvíamos del supermercado.

Mamá no dijo nada y sólo quedó en el aire el sonido de la tele. Pasaban esos avisos uruguayos del siglo pasado. Mamá debe estar jugando al cíclope con el televisor: está cada vez más miope y se pega a la pantalla para adivinar el programa. A veces le habla al aparato. Diez minutos.

Un Willis frenó delante de los trajes de neoprene, ellos subieron y el jeep salió arando para Solanas. El cielo era perfecto y cursi, como en una postal.

Sonó el teléfono y mamá atendió desde la cocina. Se rió. Es curioso, estuvimos años sin oír su risa pero, desde que Papá renunció a la Junta Militar, mamá se ríe seguido. Se ve que perdió la costumbre de la risa: cuando se ríe, suelta un graznido, o una respiración larga, no una risa.

Nadie sabe cómo es la risa de Papá. Debí escucharla; no la recuerdo. Con la voz es distinto: la voz de Papá suena como un altoparlante, como el televisor, cuando grita, en casa:

—¡Lilí!

O en el Tennis Ranch, cuando jadea:

—¡Pasala! ¡Pasámela! —y Emilio querría estirar la red para que Papá alcance la pelota.

Emilio ya tendría que estar acá, pero se está vengando: hace más de tres meses que no se enferma. Ahora estará caminando por Gorlero, de punta a punta, hasta sacarle lustre. La última vez fue insoportable; más de cuatro meses estuvo postrado en cama, mientras los médicos murmuraban mirando al piso:

—No tiene nada.

—Tiene fiebre.

—Es psicológico.

—Son berretines.

—En los análisis no aparece.

Al final se curó y apenas llegamos a Punta del Este salió con Papá a navegar en el *Pataleta*.

La otra voz de Papá es en el mar. En el mar su voz suena más vieja, con un tono de miedo que Emilio llamaría respeto, porque Papá y el miedo son incompatibles.

A veces creo que Papá le tiene miedo a su reflejo. No a su reflejo, en realidad, sino a ese gesto que no maneja y se reproduce sin su control. Una vez vi ese gesto de sorpresa y de espanto en el departamento de Libertador, cuando Papá se ajustaba la corbata antes de salir:

—¿Te pasa algo? —preguntó mamá.

—Lo de siempre. Los verdes me tienen podrido —dijo Papá—. Es eso.

Tiempo después renunció a la junta.

Emilio juntaba todos los recortes en la carpeta, que en esos meses iba por el octavo tomo. Era gracioso leer las especulaciones de los periodistas y saberme del lado de adentro, viendo cómo se movían las marionetas, y quién era el responsable de los hilos. Debajo de las carpetas había cinco o seis ejemplares del libro. Estaban sin dedicar. Papá ya les encontraría destinatario. *El camino de la democracia*, decía el título en letras negras. Papá estaba en la tapa, sonriente y tostado, con uniforme de gala y la bandera argentina a la derecha. "No vamos a combatir hasta la muerte, vamos a combatir hasta la victoria, esté más allá o más acá de la muerte", decía la contratapa que decía Papá. Abajo el logo en rojo del editor, Varela Cid.

Mi ejemplar estaba sin abrir; o mejor dicho abierto pero sin leer, porque no hay nada más aburrido que los discursos. Cuando Papá lo trajo pasé las páginas y me fijé en una frase: "La Revolución del Mar".

Lo imaginé a Papá en el *Pataleta*:

—Pataleta, Pataleta —había dicho Martincito. Y le quedó *Pataleta* al barco. La revolución del mar. Papá parado sobre la cubierta de una palabra que repitió su nieto.

En la comida que se hizo en casa por la aparición del libro, estaban Eduardo y Luz con Martincito. También estaba el Gordo Lezama, que no paraba de transpirar y jugaba con el borde de la servilleta.

—Buenas fotos, ¿no? —dijo Lezama.

Yo pensé de inmediato que las fotos eran espantosas. Papá con el Papa, Papá con el Rey Juan Carlos, Papá con un jeque árabe. Papá con unos chinos.

—¿Y de qué hablaban? —pregunté.

—Boludeces —dijo Papá, y el ambiente estalló y se descontrajo.

—Menos con el Papa —dijo Eduardo.

—Menos con el Papa, claro —dijo Papá—. Ése sí que entendió su negocio.

Papá dedicó ejemplares a cada uno de los presentes y todos se fueron sabiendo cuál era su tarea para el hogar.

Cuando Kissinger estuvo en Libertador, no encontraban un ejemplar del libro en ningún lado.

Mamá abrió la puerta de mi cuarto y yo pensé: taquicardia.

—¿No saben dónde habrá? —nos preguntó, en un jadeo.

Emilio revolvió las carpetas y nada. El mío estaba marcado en la frase que decía "Revolución del Mar". Eduardo y Luz estaban en el campo. La casa seguía silenciosa; ni siquiera se oían las voces desde el living. En ese momento entramos todos en pánico: nos imaginamos a Papá enfrentando el papelón, y lo que pasaría después. Al final yo desenterré un ejemplar que apareció inexplicablemente en la cocina. Mamá me lo arrancó sin agradecer y salió disparada para el living.

Cuando abrió la puerta no oímos una sola voz: ¿estarían en silencio, Kissinger y Papá? Miré por la ventana del cuarto. Un Fairlane negro y dos Falcon sin chapa estaban cruzados en Libertador.

Pensé en abrir el cuarto para que se aireara, pero no: esa mañana Emilio había vuelto con unas líneas de fiebre del colegio, y ahora había vuelto a la cama.

—En casa —le dije a Daniela al rato, cuando me llamó.

Ella largó una carcajada.

—No te miento, boluda, Kissinger está en casa.

Durante la cena Papá parecía cansado y melancólico, algo despeinado, como cuando termina de jugar al squash.

—Los yanquis están a muerte con nosotros —fue todo lo que dijo.

Menos de cinco minutos.

¿Por qué no dejarlo dormir? Imposible, se despierta solo. Caminé hasta el cuarto en puntas de pie; la puerta estaba entornada. Cuando me asomé vi a Papá tirado en diagonal sobre la cama, con la cabeza en dirección a la ventana. No parecía dormido. Estaba boca abajo, con la mirada congelada en el marco. La puerta crujió y Papá pidió silencio con la mano.

—Vení —murmuró.

Me acerqué. El cuarto estaba en perfecto orden, salvo ese vaso de gin-tonic por la mitad, en la mesa de luz. Papá hizo otro gesto para que me acostara a su lado, boca abajo, como él. Quería mostrarme algo.

—Mirá —dijo.

No vi nada. El marco blanco de la ventana y el olor a sal y pescado que se hace más intenso por la tarde.

Papá seguía mirando fascinado. Con un dedo señaló a la nada, entre el marco y la pared.

—Ahora sí la veo —dije.

Una pequeña araña, casi transparente, trepaba trabajosamente por su tela. Papá volvió su cara hacia mí con una sonrisa. Se cruzó de brazos y se acomodó, alejándose un poco de la araña. El viento, o quizás un imperceptible movimiento de la colcha, hizo que la tela se bamboleara y demostrara su resistencia.

—Matala —le dije en voz baja.

—Trae mala suerte.

—¿Nos vamos a quedar así toda la tarde?

Papá negó con la cabeza.

—¿No te parece increíble? —me preguntó.

—¿Qué?

—Eso. Cómo va tejiendo la tela de a poco. A veces se le rompe, y parece que se cae pero no, vuelve para atrás y teje de nuevo. Quiere llegar hasta la ventana. Y va a llegar. En un rato.

—Querrá salir a la calle.

—¿Qué calle? Ni se puede imaginar la calle —dijo Papá.

Papá levantó la mano derecha y la araña quedó congelada en la tela.

—Te tiene miedo —le dije.

—No. Es otra cosa. A mí no me puede imaginar, tampoco —dijo Papá.

La tela de color plata se cortó en uno de sus extremos.

—¿Cuánto tiempo vivirán?

—No sé. Uno o dos días. A lo mejor ya está a punto de morirse. No viven mucho.

—Nunca va a llegar a la ventana —dije con pena.

—Ella no lo sabe. Ella teje, nomás.

—Mirá —le dije—: se mueve de vuelta, sigue tejiendo para el mismo lado que se cortó.

—Nunca aprenden —dijo Papá.

Retrocedí sobre la cama y, sin querer, tiré al piso el diario que estaba junto a mis pies. La araña no lo advirtió. Siguió tejiendo con una lenta obstinación.

—¡Negro! ¡Es hora! —gritó, mamá desde la cocina—. ¡Claudia! ¡Claudia! ¿Dónde se metió esta chica?

Los dos nos levantamos suavemente, con cuidado de no quebrar la tela. Papá agarró su vaso de gin-tonic y lo terminó de un sorbo. Después se acomodó el pantalón y buscó el reloj. Sus ojos se reflejaron en la ventana y apartó la mirada de inmediato.

El diario tirado en el piso decía: *"Escándalo por la P2: Detuvieron en Roma a Licio Gelli"*.

Oculten la Luna

La naturaleza humana antes era muy diferente de lo que es hoy en día. Al principio hubo tres clases de hombres: los dos sexos que subsisten hoy en día y un tercero compuesto de estos dos y que ha sido destruido. Este tercero era una especie particular, llamada andrógina, porque reunía el sexo masculino y el femenino. La diferencia con los otros dos tipos estaba en sus principios: el sexo masculino está producido por el Sol, el femenino por la Tierra y el andrógino por la Luna. Júpiter encontró un medio de tener más reprimidos a los andróginos y disminuir su fuerza: —Los separaré en dos —dijo. Una vez hecha esta división, cada mitad trató de encontrar a la otra y, cuando se encontraban, se abrazaban y unían con tal ardor que morían de hambre en aquel abrazo, no queriendo hacer nada la una sin la otra. Estas dos mitades se buscan siempre. El único objetivo de estos seres, sean amantes o amados, es reunirse con sus semejantes.

Aristófanes, en *El banquete*, de Platón

Cuando a las cinco en punto de la tarde el destino golpeó a la puerta del Cadogan Hotel, Oscar Wilde pensaba en el amor. Las cortinas cerradas permitían que se dibujara un pequeño triángulo de sol en el piso. Sobre la cama había una valija a medio preparar. Oscar estaba sentado en un sillón al lado del armario. Tenía los brazos cruzados y las piernas vencidas. En la sala de estar se oyó un murmullo: el mismo cuchicheo que acompaña una convalecencia o un velorio.

Se oyó a lo lejos el golpe seco sobre la puerta y Oscar supo que ése era el momento en que comenzaba el juego. Imaginó sus manos, húmedas de transpiración sobre el paño verde de la mesa, atentas al reparto de las cartas. Había vivido cada momento de su vida en dirección a esos nudillos que insistían contra la puerta.

Podía describir cada detalle del futuro, dirigirlo amablemente, como quien inicia la mano de un niño en la escritura. Pero en ese momento se asombró por su pasado, que a veces le dolía de tan ajeno y otras de tan pesadamente propio.

Supo que, si se miraba de pronto en el reflejo de la ventana, encontraría los rasgos de Bosie sobreimpresos en los suyos. No el rostro inerte de Bosie en una fotografía, sino alguna de sus miradas, su risa, un sonido de cristal, otro de caballos, su indefensión y su peligro.

Oscar pensó en el amor cuando golpearon la puerta. Pensó si quería a Bosie. Se dijo que sí, y también se repitió por enésima vez que jamás podría tenerlo.

—La felicidad, no. Sobre todo, nada de felicidad. ¡El placer! Hay que preferir siempre lo más trágico —mintió una vez.

—Feasting with panthers —dijo otra.

Festejó con panteras, y también Bosie lo hizo. Felinos ingenuos, inconscientes de lo que daban, ávidos y sedientos. Tensos como panteras. El mismo

26

Bosie fue pantera alguna vez, pero una pantera demasiado ocupada en sí misma como para pensar en su presa. Una pantera que entraba en un hotel de lujo a lamer su imagen en el espejo.

Se dijo una vez más que lo quería cuando recordó los ojos de aquella pantera, que eran a veces selva y otras desierto; un animal tan simple que resultaba una complicación. Porque Bosie no buscaba nada.

Ahora que se acercaba el final del juego, Oscar sentía una compulsión hacia el recuerdo, similar a la que antecede a la muerte. Había muerto otras veces. Recordó una tarde en Venecia cuando necesitaron aire y un café, y se sentaron a una mesita en la terraza del hotel. Bosie dijo algo sobre su padre: no era importante, y ahora no podía recordarlo. Oscar disparó alguno de sus epigramas, y ambos rieron. Hubo un largo silencio y fue entonces la primera vez que oyó en Venecia el discreto sonido del agua. Miró a Bosie. Leía el periódico con desinterés; en realidad sólo lo tenía frente a sí para lograr un poco de sombra sobre su rostro. Oscar escuchó el agua, destinada desde siempre a mover los cimientos de la ciudad. Era una misión lenta e inexorable.

No hacía frío, ni calor, y desde la costa llegaba una brisa agradable. Oscar jugó con la cuchara contra la taza de café hasta que la cuchara acarició la taza y cayó en el plato; entonces espió a Bosie con interés. Llevaban varias semanas juntos en Venecia y, aunque Bosie había sufrido cierto ahogo días atrás, todo se resolvió con facilidad. Miraban el atardecer en la terraza cuando Bosie comenzó a estornudar y retornaron a la habitación, quejándose por el polvo de la ciudad. Esa tarde —en la que casi no cruzaron palabra y el silencio fluía con naturalidad— Oscar supo que no lo tendría jamás.

En aquella terraza miró un largo rato a ese ángel rebelde, joven y tenso, que aceptaba su compañía como una equivocación, o como un resultado del azar que no procuraba entender. Sólo le quedaba amarlo.

Esa tarde lo llevó a una noche en Londres, en la que se miraron profundamente a los ojos. Fue sólo un segundo, que no pudieron soportar y terminó con un portazo. Bosie estaba borracho, un camarero cruzó a medio vestir la habitación y discutió con Oscar en el pasillo. Esa noche Oscar fue la pantera y Bosie la presa, aunque quizá siempre hubiera sido de esta forma.

A las cinco de la tarde de aquel 5 de abril pensó en Bosie y se repitió que lo quería: lo quería cuando el sonido discreto del agua en los canales, y quería su *robe* golpeando la puerta, y quería su manera de preguntar indagando, cómplice y divertido, y su modo trágico de convertirse en niño.

Ross y Wyndham discutían en la recámara, después del mediodía, cuando Bosie abrió la puerta y se llevó a Wyndham a buscar ayuda. Ross quedó solo en la sala y dio vueltas en círculo, lentamente, hasta que abrió la puerta de la habitación muy despacio. Oscar sonrió desde el sillón:

—Es necesario —dijo Ross.

—El tren ya se ha marchado —dijo Oscar, que de inmediato bajó los ojos hacia el apoyabrazos. Rascó el terciopelo con la uña, cuidándose de no rayarlo, y luego tosió.

Ross estaba abandonado contra la pared. Se cruzó de brazos y miró un largo rato por la ventana.

—Oscar, esto no es un juego —insistió.

—Lo sé —dijo Oscar, pero quiso decir: "Lo es". No valía la pena aclararlo.

Los dos miraron molestamente al suelo, parecían víctimas de un bochorno. Por un instante Oscar pensó en volver a las valijas. No lo hizo. Estaba cansado.

Comenzó a imaginarse el momento en que se anunciara la sentencia: ¿qué pasaría después: habría un silencio? ¿Un abucheo? Supo que el juez —a quien no conocería hasta semanas después— tendría voz estridente y aguda. Con esa voz leería el veredicto del Reino Unido contra Oscar Wilde.

Un murmullo, sí; después de la sentencia serpentearía un murmullo por todo el tribunal: rostros flojos, abatidos, frases dichas de soslayo, indignación ante un final tan previsible qué sólo podía ser cierto en un mal *vaudeville*. Construyó cada detalle de la escena con temor: podía ver a los demás, pero no podía verse a sí mismo, y lo acorralaba el miedo de perder el equilibrio.

A las cuatro y media de la tarde Ross salió a fumar a la sala. Oscar miraba el reloj cada dos o tres minutos. Se sentía obligado a recordar cada momento de ese 5 de abril. Había sufrido otras veces esa repentina neurosis de biógrafo, acompañada de la obligación de recordar como un testigo.

Oyó en la sala la repentina voz de Ross y otra más joven, de uno de los camareros:

—No —decía Ross.

—Le pido disculpas, pero eso me dijeron en el *desk*... —dijo el mozo.

Oscar imaginó al mozo que trataba de espiar por la abertura de la puerta.

—No pedimos nada, gracias.

—¿No quiere nada, entonces?

—No.

—Disculpe, entonces.

—Está bien. Puede retirarse.

—¿Tampoco agua? Tampoco, gracias.

En el sillón, Oscar tenía la sonrisa de un padre. Le provocaban ternura aquellos personajes anónimos que luchaban por entrar en la historia: seres mediocres y acorralados pugnando por acercarse a la vida. Siempre había alguien que llevaba un jarro con agua fresca al condenado a muerte, o un niño que lustraba las armas con placer y desesperación, a la madrugada, minutos antes del duelo. En el fondo buscaban acercarse a la muerte; para todos ellos la muerte estaba más viva que su propia vida.

El tiempo era sólo un capricho. Oscar miró las agujas del reloj y pensó que se equivocaban. El tiempo no podía correr de esa manera. Recordaba semanas, y sólo habían pasado algunos minutos. Hubiera dado su vida por esta velocidad en aquellos momentos en que el tiempo transcurría lento por una palabra hasta que permitía, finalmente, que ella saltara sobre el papel.

Ahora su futuro colgaba de una palabra:

—Culpable —diría el juez de la voz aguda.

O aquellas ocho palabras que le rogó lady Wilde para que se reconciliara con su hermano Willie: "Sólo ocho palabras", le escribió: "*He olvidado la enemistad. Volvamos a ser amigos*. Sólo eso". Oscar nunca las escribió.

Cuando encontraba las adecuadas era distinto: cada palabra se acomodaba allí donde él la ponía, como si nunca hubieran conocido otro lugar mejor, y convertían a la realidad en un accidente trivial:

Oculten la Luna

podía escribir. Y miles de brazos se prestaban, obedientes, a ocultarla. Ahora sólo esperaba en su sillón que saliera la Luna. No quería impedirlo.

Bosie nunca pudo llorar En su cuarto de estudiante, en Oxford, se paró varias veces frente al espejo mirándose a los ojos, tratando de forzar el llanto. Pero las lágrimas no salían.

No podía llorar. El dato le preocupó al punto de atribuirlo a alguna lesión en los lagrimales, quizá congénita, o a una completa falta de interés por el resto del mundo. Una vez, en El Cairo, cuando las cartas de Oscar se demoraban en llegar —nunca llegaron, en realidad— y sus propias cartas a Londres volvían con el sobre cerrado, se creyó capaz de llorar en los brazos de cualquier desconocido. Pero no lo hizo. A las tres de la tarde de aquel 5 de abril caminó por los pasillos del Parlamento consciente de que el destino de Oscar estaba sellado. Se compadeció de sí mismo; no podía encontrarle cauce al llanto. De poder hacerlo, ¿lloraría por Oscar? ¿Por sí mismo? ¿Por Queensbery? ¿Por esa imposibilidad física de llorar? Un vidrio sucio, tocado por demasiadas manos, lo alejaba de todo. Caminó hasta el Holborn Viaduct Hotel y se sentó en el bar. Pidió un licor; y miró en torno. Era excitante y perverso sentirse dueño de un futuro ajeno. Bebió un sorbo pensando que era la única persona en la ciudad que conocía el sitio de la bomba y la hora en que ésta iba a explotar.

No le sentaba la vida de los mártires: podría levantarse en ese instante y correr hacia el Tribunal y declarar a favor de Oscar: lo salvaría de la prisión. Pero no iba a hacerlo.

Además; era Oscar quien había armado este juego y era a él a quien le correspondía mover las piezas. Revisó cada detalle de su relación con Oscar hasta que concluyó, como siempre: el dinero era lo único que los mantenía unidos. Pedirle dinero a Oscar era una dulce humillación, y un exquisito placer, para ambos. Eso los hacía fieles. Tal vez sólo a eso fueran fieles los hombres.

Oscar lo había asediado durante meses hasta aquella noche de primavera en que perfumó su cuarto de la Universidad. Aquella noche Bosie era una estatua. Serena, fría y perfecta. Tenía las curvas y la tensión y los relieves de las estatuas clásicas y cumplía con naturalidad la misión de ser adorado.

Pero Oscar era el Dios; un dios fláccido y presuntuoso, expulsado del Olimpo y condenado a escribir su propia historia.

Cuando las manos de Oscar recorrían su cuerpo sentía que lo creaban de la nada, como si nunca hubiera existido. Esa noche sintió asco, y luego lo odió.

—Bosie. Querido Bosie —lo bautizó Oscar, tomándole la mano. Aquella noche había asistido a la creación de alguien mejor que él mismo. Oscar *era* un mundo: con millones de habitantes, de vidas truncas, de voces.

A la mañana siguiente Bosie se levantó sabiendo que jamás tendría su propio destino, y aquella certeza lo ensombreció.

Después de la tercera copa en el bar del hotel, Bosie dejó de llevar la cuenta; el mozo le servía con intervalos de quince minutos. Notó que, desde una de las mesas del fondo, lo miraban dos mujeres y comentaban algo. Una de ellas sonrió. Bosie desvió los ojos y se miró las manos, que sostenían la copa en el centro de la mesa y se multiplicaban en un espejo de pared, ubicado a todo lo largo del salón. Pensó en inclinarse hasta mirar su rostro. Se imaginó triste, y despeinado, aunque no lo estaba. Se pasó la mano por el pelo.

—¡Oscar! —dijo una voz en la mesa de al lado.

Bosie se dio vuelta de inmediato y vio a un hombre mayor que sonreía ante la llegada de un amigo. El hombre observó extrañado a ese joven que, sin ningún motivo, lo observaba con tan poca educación. Bosie enrojeció y volvió a su copa.

—¡Oscar! —recordó—. ¡Vamos, Oscar! ¡Cuenta otra historia de la Iglesia Primitiva! —Acababa de terminar la cena en casa de Saint Giles, y era Grant el que quería recordar los viejos tiempos de Oxford; cuando todos se sentaban alrededor de Wilde, para escuchar sus historias. —Una historia —dijo Grant—, sólo una.

Oscar se hacía rogar, aunque cada negativa era parte del juego. Bosie sonreía entre el círculo de amigos.

—Ya que insisten —cedió Oscar. Hubo un par de aplausos y un silbido. Bosie recordaba cada palabra con exactitud.

—Hace poco —comenzó Oscar, y se produjo el silencio—, hace poco recorría la biblioteca de una casa de campo y tomé al azar un mohoso volumen encuadernado en cuero. Lo abrí en cualquier parte y mis ojos dieron con la frase: "Ese año el papa Juan XXII murió de una muerte vergonzosa". Eso me intrigó: ¿qué clase de muerte vergonzosa? Hojeé el libro una y otra vez en busca de la respuesta, pero sin éxito. De modo que decidí buscar la verdad con certeza: haciéndola surgir de mi conciencia interior. En el silencio de la noche se me presentó la verdad desnuda. Era ésta.

Oscar miró cada una de las caras del pequeño auditorio. La cuerda de la intriga estaba tensa. Prosiguió:

—En aquellos días el Papa no llevaba una vida aislada detrás de las murallas del Vaticano, sino que intervenía libremente en la sociedad de Roma. No es de extrañar que, al poco tiempo de ser elegido, el papa Juan, al frecuentar diariamente las más bellas mujeres de la capital, se enamorase. La dama objeto de su amor era la joven esposa de un noble anciano. Primero se amaron con el amor que muere: el amor del alma por el alma; y luego se amaron con el amor que nunca muere: el amor del cuerpo por el cuerpo. Pero incluso en la Roma de esa época sus oportunidades eran escasas: por ello resolvieron fijar sus encuentros en un lugar apartado, lejos de la ciudad. El marido de la dama tenía una pequeña villa con un huerto a pocos kilómetros de distancia. El día designado, el Papa Juan se atavió con las ropas comunes de un noble romano y montando su caballo, cabalgó con el corazón exultante hacia la villa. Cuando había hecho unos kilómetros se topó con la pequeña y humilde iglesia donde había sido sacerdote tiempo antes. Entonces se adueñó de él un extraño capricho: ponerse las vestiduras y sentarse en el confesonario como tantas veces había hecho. A los pocos minutos se abrió la puerta y entró un hombre a toda prisa, en un evidente estado de perturbación. "Padre", dijo con voz quebrada. "¿Hay algún pecado tan grande que Cristo no pueda absolverme de él?" "No, hijo mío, no hay tal pecado", contestó el Papa. "¿Qué pecado tan terrible has cometido para que me preguntes eso?" "No he cometido ningún pecado aún", le dijo el otro, "pero estoy a punto de cometer un pecado tan horrible que ni siquiera el mismo Cristo podría absolverme: voy a matar al vicario de Cristo en la Tierra, voy a matar al papa Juan XXII". "Hasta de ese pecado Cristo podría absolverte", dijo con seguridad y pavor el papa Juan. El hombre salió precipitadamente de la iglesia y el Papa se levantó, se quitó las vestiduras de sacerdote, montó su caballo y cabalgó hasta donde esperaba su amante. Allí, sobre el verde césped, en un claro iluminado entre los árboles, vio a su dama. Ella lanzó un grito de alegría, corrió hacia él y se arrojó en sus brazos. Mientras se amaban, surgió una figura entre los árboles y clavó una daga hasta la empuñadura en la espalda del papa Juan. Con un gemido la víctima cayó al suelo, agonizante. Luego, haciendo un supremo esfuerzo, elevó su mano y, mirando a su atacante, pronunció la absolución: "*Quod ego possum et tu eges, absolve te*". Así murió el papa Juan XXII, de una muerte vergonzosa.

Bosie miró el reloj: faltaba poco para las cinco. Decidió caminar hasta el Cadogan Hotel. Bebió lo que quedaba de su copa, pagó al mozo y, antes de levantarse, se inclinó para ver su rostro en el espejo del salón. Advirtió que estaba llorando.

Cuando Marlowe golpeó a la puerta del Cadogan Hotel, a las cinco en punto de la tarde, sabía que hasta el lobo podía pasar por momentos de debilidad, ponerse del lado del cordero y pensar: "Ojalá que huya". Cuando sus nudillos golpearon a la puerta de la habitación creyó oír movimientos en el interior.

—No te preocupes —alcanzó a descifrar en una voz apagada. Después oyó pasos acercándose. Reconoció el rostro apenas se abrió la puerta y dijo:

—Míster Ross, soy Marlowe, periodista del *Star* —y alargó la mano.

Ross iba a cerrar cuando Marlowe se precipitó a explicar:

—Es imperioso que hablemos. Traigo una noticia importante.

Ross dudó, Marlowe ya estaba en el centro de la sala.

—Mister Marlowe —repitió Ross.

—Del *Star*.

—El señor Wilde no va a dar ninguna entrevista a la prensa —recitó Ross.

—Lo sé, lo sé. No vengo por eso.

Marlowe caminó hasta la ventana. Sentía cierto placer en demorar las frases. Observó la expresión de Ross, en ascuas ante sus palabras. Una semana antes hubiera dado un año de su vida por una entrevista con Oscar Wilde. Su periódico, el *Star*, como la mayoría de la prensa británica, no había ahorrado calificativos frente a ese "artista corruptor de menores", esa "verdadera vergüenza de una sociedad civilizada". Marlowe no tenía ningún sentimiento especial por Wilde, ni siquiera había visto sus obras, ni leído sus poemas. No sentía repugnancia ante los homosexuales, sólo tristeza o desinterés. Definitivamente no era el lobo; sí quizás una pequeña pulga en el lomo del lobo. Si se enteraban en el periódico de esta visita, iban a despedirlo. Había sido el azar aquello que lo acercó a la puerta. Hasta Oscar Wilde merecía una oportunidad:

—Van a detenerlo. Esta tarde. A las seis —dijo Marlowe por fin.

—¿Cómo lo sabe?

—Me lo dijo un periodista del diario hace una hora en Bow Street. Charles Russell en persona fue a solicitar el arresto, y sir John Bridge aceptó.

Ross se llevó la mano a la frente y se alisó el pelo. Marlowe miró el reloj.

—Falta poco menos de una hora —dijo.

Ross asintió en silencio.

—¿Él está aquí? —preguntó Marlowe.

—Sí —dijo Ross, y señaló el cuarto con la cabeza.

—Tiene que irse, todavía hay tiempo.

Ross tomó a Marlowe del brazo y lo acompañó hasta la puerta.

—Gracias —le dijo, mirándolo a los ojos—. Muchas gracias.

—¿Lo escuchaste? —preguntó Ross, entrando a la habitación.

—¿Qué? —dijo Oscar.

—Van a detenerte a las seis. Son las cinco y diez.

—Voy a quedarme —dijo Oscar, y una sombra pasó frente a sus ojos—. Voy a cumplir la sentencia, cualquiera que sea —agregó.

Ross tuvo la convicción de que Oscar necesitaba la cárcel por algún motivo pero sólo entendió ese motivo años después, cuando Wilde publicó *La balada de la cárcel de Reading*. Todos sus pasos lo habían conducido a ese libro. Oscar recordó miles de veces la escena siguiente: el camarero que entró a las seis y diez del 5 de abril, seguido por dos detectives. El más alto de los detectives, que dijo:

—Tenemos aquí una orden, señor Wilde, para su detención bajo la acusación de realizar actos indecentes.

—¿Me concederán la libertad bajo fianza? —preguntó Oscar.

Los detectives dudaron. Oscar se levantó y caminó a tientas por la habitación. Buscó su abrigo y un libro de tapas amarillas. Pidió a Ross que le preparara una muda de ropa y se la alcanzara más tarde.

—¿Adónde me llevan? —preguntó Oscar.

—A Bow Street —dijo uno de los detectives. Media hora después Bosie llegó al hotel.

Chatarra

En Santa Fe nadie se asombró por el robo.

El Puente Colgante Ingeniero Marcial Rafael Candiotti cayó en una oscura tarde de primavera de 1983, a las cuatro y veinticinco de la tarde. Todavía se recuerda el ruido sordo de los casi trescientos metros de hierro forjado que cayeron al agua durante la inundación y que servían para trasladar agua potable desde el arroyo Colastiné hasta la capital de la provincia, pasando por la laguna Setúbal. Tiempo después, los restos del puente fueron trasladados al dique número 2 del puerto local.

El puente tuvo —desde su desaparición— homenajes cursis, poesías de rima asonante ("Ingeniero Candiotti medio siglo / arrastró tu caída en este instante / te dejo esta canción que como un rezo / todo el pueblo cual ruego te la cante / y que el hombre junto a Dios haga posible / Santa Fe y su postal, puente colgante") y el bautismo unánime de la prensa local, que lo enalteció como Reliquia Mayor de la Provincia, término al que se ajustaron todas las crónicas periodísticas ad hoc y que también fue puntualmente respetado por la fábrica de alfajores Gayalí, en cuyas cajas brinda una versión naif de la reliquia provincial.

La reducción del puente ocurrió una noche de 1985, frente a los estudios del Canal 13 de Televisión y del Comando de Buzos Tácticos de la Prefectura, vecinos ambos del puente desvencijado.

El viernes 26 de junio de 1987, dos años después, un par de diputados radicales realizó un pedido de informes al Poder Ejecutivo provincial "sobre la caída y posterior desaparición del Puente Candiotti". A la fecha, el pedido aún no obtiene respuesta.

Un año antes, en los corrillos de la prensa local, se aseguró que Horacio Pérez Lindo, asesor del Ministerio de Obras Públicas de la administración Vernet, habría vendido los restos del puente como chatarra. En el entorno íntimo del entonces gobernador se dijo lo contrario: que "la responsable fue la Prefectura". Ninguna de las dos versiones pudo ser confirmada. De los hierros del puente no se sabe nada.

Esta escena tuvo lugar en una noche de comienzos del otoño de 1985, a orillas de la laguna Setúbal.

—Agachate, hermano, ¿no ves la luz?

—¿Qué luz?

—La luz, boludo; allá, la luz.

—Sí.

—¿Qué hacés?

—¿Viene del bar?

—Sí, debe ser de la parrilla. Ya están cerrando.

—Miralo al Tano. Se va temprano.

—Sí, pero la yuga todo el día. Te la regalo.

—¿Y qué? ¿Nosotros no?

—...

—A las cuatro y media me levanté. Mirá la hora que es. Hace un frío de cagarse. ¿Qué hora es? ¿Ya la una?

—Menos cinco.

—Este boludo no va a venir.

—Va a venir... va a venir.

—¿Con quién más viene?

—Con el Gordo y el Pitufo.

—¿Va a alcanzar?

—Sobra. Somos yo, vos, el Gordo, el Pitufo y Algañaraz.

—¿Vienen con la Turquita?

—Si ya sabés que vienen con la Turquita. ¿Con qué van a venir? Con la Turquita, boludo. ¿Para qué carajo preguntás?

—Buena lancha, la Turquita esa. La otra noche nos dimos una vuelta entera a la laguna Setúbal buscando dorados.

—¿Engachaste bien los caños?

—Sí.

—¿Los dejaste allá en la orilla?

—En la orilla. Y enrollé los cables. No sabés lo que costó. Son así de gruesos los blecas, ¿vos los viste?

—Sí, los vi.

—El que también les echó el ojo era el petiso de la Prefectura. Yo los estaba enroscando y el milico se acercó para decirme no sé qué cosa.

—¿Te vieron los de la Prefectura?

—Sí, ¿y qué?

—Vos sos boludo, ¿no?

—No pasa nada... el petiso se me acercó y yo chapié.

—¿Vos qué?

—Saqué la chapa: Ministerio de Obras Públicas; Comisión de Desguace. Lo estamos yevando pal puerto. El miliquito medio amagó a hacerme la venia, pero enseguida se dio cuenta que no daba para tanto. Miró la chapa y se fue.

—Yo no sé para qué me metí en el quilombo este.

—Por la guita, alcaucil.

—Si el dotor dice que como mucho sacamos cuatro o cinco lucas.

—¿Cuatro o cinco? ¡Estás en dope, má que cinco lucas!

—Te juro.

—Sí, sí, vos queda te acá que yo pongo los zapatitos a ver si vienen los Reyes.

—Cuatro, a lo sumo cinco lucas, dijo.

—Cinco cada uno.

—Cinco entre todos.

—Y el Tordo lo hace por la patria.

—Es así: el dotor dice que no da ni para diez, y que para nosotros cinco. ¿Qué querés por chatarra vieja?

—Ese sí que es Gardel, y los guitarristas y el difunto Lepera, que en paz descanse.

—¿Vos supiste que fue tonbo?

—¿Quién?

—El Tordo.

—Encima ortiva.

—Fue botón en Entre Ríos.

—Ah, de los universitarios.

—No seas boludo. Era guardia del obrador del Túnel Sucfluvial.

—¿Cómo le decís?

—Sucfluvial, ¿por?

—Por nada, seguí.

—Y lo engayolaron en el 70, por ahí. No, en el 69. Choreo de chatarra.

—El Tordo siempre en el ramo.

—Se ve que conoce el negocio.

—¿Engrampaste los perfiles?

—Sí. Mirá: ya se fue el Tano.

—Era hora.

—¿Cinco lucas dijiste?

—Una para cada uno.

—No sé para qué me metí en este bardo. ¿Qué hora es?

—Y diez, no jodas más.

—Estos boludos se cagaron y no van a venir.

—¿Cómo que no van a venir?

—No van a venir. Y si vienen, no van a querer entrar al puerto.

—¡Cortala, hermano! Van a venir, y vamos a entrar al puerto con los fierros. ¿No quedamos en eso?

—Sí.

—¿Y entonces?

—Qué. Es un puente, ¿me entendés? Un puente.

—¿Y?

—…

—¿Escuchás?

—…

—No, nada, me pareció que venían.

—Che, Polaco, ¿es cierto lo del Tati?

—¿Qué del Tati?

—Eso que dijo cuando uno gobierna, ¿no? Cuando uno gobierna hay que hacer un solo choreo, pero grande, uno solo. Y después gobernar.

—¿Quién te dijo?

—El Gordo. Que un día escuchó que el Tati le dijo eso a un periodista.

—¿A vos te parece que el Tati va a ser tan boludo de decirle eso a un periodista?

—Eso dijo: hay que hacer un solo afano, uno solo. Y cuidarse de no dejar los dedos. Y después dedicarse a gobernar. Así dijo, ¿Y?

—Y qué.

—¿La hizo?

—No. Hizo sólo la primera parte.

—Se toma su tiempo.

—Como estos forros de la lancha.

—Che, Polaco.

—Qué.

—Ta fresco, ¿no?

—¿Vos estás cagado en las patas o es idea mía?

—Salí.

—Hablás, hablás, hablás.

—Che, una cosa que te quería preguntar.

—Decí.

—El Tordo se la pirova a la rubita, ¿no?

—Yo qué sé.

—Dale; si vos estás ahí todo el día calentando la silla.

—Sí.

—¿Sí qué?

—Bien que se la pirova.

—Es calentona la rubita, ¿no?

—Seguro.

—Las ancas que tiene la guacha. ¿Viste cuando se pone las medias negras? ¡Chau! Se cruza de gambas y se te viene el mundo encima.

—¿Vos cuándo la viste?

—Una vez que fui.

—Vos sí que te acordás de lo que querés.

—Está buena la rubita. Y te dice: No, el dotor no lo va a poder atender porque está haciendo una diligencia. ¿Quién es? Y yo: Qué diligencia, mamita, decile que está el Yoruga. Y ella: Que le digo que no, que en serio no está. Y tiene pibes, ¿no?

—No, es soltera.

—El Tordo sí tiene pibes.

—Tres.

—¿No te digo que estos políticos son todos unos degenerados?

—Pero se está por separar.

—Eso le debe decir a la rubita: Mirá, piba, me agarrás justo que me iba a firmar el divorcio, vení, acompañame.

—Vos sos un boludo...

—¿Vos te acordás del puente?

—¿De qué puente?

—De éste, Polaco.

—Cómo no me voy a acordar.

—Una vez, acá en el puente, casi voy en cana. Fui, bah.

—¿Por?

—Yo era un pibito, tendría... ponele trece, catorce. Y me levanté una jovarda de veinticinco. Nos pusimos a apretar en el puente. Era tarde. ¿Vos te acordás cómo era en esa época, cuando uno era pendejo? Acababas como una metralleta tatatatá. Y después el dolor de huevos...

—¿Y qué pasó?

—Nada, que me la apreté ahí nomás, en un huequito del puente. Y cuando me avivé le había abierto el pantalón. Mirá, todavía siento la medibacha esa que se estira, y adentro todo calentito...

—Sos un pajero.

—No, boludo. Por la vieja. Y de golpe cayó la yuta.

—¿Y?

—Dos días en averiguación. A la mina no la vi más. No sabés qué papelón.

—...

—Mirá en lo que terminó.

—...

—El puente, con el ruido que hizo cuando se cayó.

—Dicen que justo cuando se cayó pasaba un tipo en bicicleta.

—Andá a saber. Yo no escuché nada del tipo.

—Yo tampoco escuché nada del Tati y vos lo repetís como una radio al primero que se te aparece.

—¡Miralo cómo mostró la hilacha! ¡Gil! ¿Vos no sos un amigo?

—¿Y qué tiene que ver?

—Que le estoy diciendo a un amigo, no al primero que se me aparece.

—Andá a saber.

—A mí me ponés en duda, pero cuando el Tordo te dice cinco, bien que te comés el alpiste.

—Dijo cinco. ¿Por?

—Por nada, por nada, pará...

—Dijo cinco. ¿Sos boludo, vos?

—...

—Aparte, ¿cuánto hace que no hacés la noche?

—Un toco.

—¿Entonces?

—Que te agradezco, Polaco, te agradezco. Vos tenés un carácter de mierda, también. No vas a servir para político.

—¿Y quién te dijo que yo quiero ser político?

—Dale, que te veo los ojitos... Mirá cómo te brillan los ojitos. A ver, dotor Polaco, díganos a nosotros y a la teleaudiencia, ¿cuál es su pensamiento sobre la co... sobre la coyuntura?

—Ahí viene, ¿escuchás?

—Qué grande, ese motorcito.

—Andá bajando los caños, que yo les hago señas con la linterna.

El Yoruga baja al barro. Se oye el chapoteo en la noche azul, oscura y densa. El Polaco lo chista con una sonrisa:

—¿Viste que iban a venir?

—Gente de palabra —murmuró el Yoruga, y dejó que uno de los caños flotara pesadamente en la laguna.

Una revolución científica

Lo descubrí frente a un espejo simple, de pared, en la calle Necochea al setecientos. El fenómeno no sucedía de golpe. Por algún motivo, frente a los espejos, mi contorno se transformaba en una línea de puntos netos y secos como guiones, que me iban haciendo más difuso, hasta que mi reflejo desaparecía. En ese momento, fuera cual fuere mi gesto —seguramente de desesperación, o desamparo—, mi imagen ya no se reflejaba.

La asociación con el sediento Príncipe de Transilvania fue absurda y estéril: lo de los espejos no sólo sucedía a la noche sino a cualquier hora del día, y sé bien que me hubiera desmayado ante una muestra de sangre menor que la que nos extrae el Ejército Argentino cuando nos convoca para servir a la Patria.

Sucedió por segunda vez apenas llegué a Mendoza, en un pequeño espejo de la Oficina de Personal de la Universidad.

—Por favor, a mano y en letra clara —dijo la mujer que me extendió una decena de planillas. Mi reacción ante las planillas era similar a la de un practicante frente a una enfermedad desconocida. El asombro surgía, puntual, ante cada detalle del laberinto. Observé durante más de dos minutos el número que tenía el formulario.

FORM N° 72 decía, debajo de un inmenso ARCHIVO DEL ESTABLECIMIENTO, FICHA INDIVIDUAL. Los puntos estaban numerados del uno al veinte. El número 11 se preocupaba por averiguar "Si presta servicio de seguridad o investigaciones en la Policía o Cuerpo de Bomberos, o como maestro de instrucción primaria al frente de grado. Indicar si opta por el privilegio". El punto 12 era más categórico: "Si con anterioridad a la fecha ha prestado servicios privilegiados, indicar si ha pedido o piensa pedir dentro del plazo legal (que vence el 18 de octubre de 1935) la formulación del cargo por diferencia de descuentos". Era el 20 de julio de 1944; si me acogía a alguno de los privilegios, iba a hacerlo con nueve años de retraso.

Finalmente probé la resistencia del hilo sisal que amarraba la lapicera al mueble, la froté con ambas manos y empecé a llenar. Apellido: *Cortázar*. Nombres: *Julio Florencio*. Nacionalidad: *Argentino*. Lugar en que nació: *Bruselas (Bélgica)*, Fecha de nacimiento: *26 de agosto de 1914*. Estudios cursados, o profesión: *Profesor Normal en Letras*. ¿Sabe leer y escribir? *Sí*. ¿Es soltero, casado o viudo? *Soltero*.

En otra de las planillas —la cuarta o la quinta, creo, según el orden de llegada— me envanecí de mis otros "servicios privilegiados". Anoté: *Profesor en el Colegio Normal de Bolívar (mayo de 1937 a abril de 1939); Profesor en la Escuela Normal de Chivilcoy (agosto de 1939 hasta la fecha).*

Llenaba con esfuerzo la octava carilla —me equivoqué en las dos anteriores, curiosamente en el mismo sitio, y soporté la mirada condenatoria de la Jefa de Servicio al Público—, cuando por accidente atisbé el espejo y noté que sólo reflejaba una parte del sobretodo y el ala derecha del sombrero.

No le di importancia. El sol entraba de lleno a la oficina y quizá fuera un truco de la luz. Me incliné de nuevo sobre el mostrador y solté un suspiro antes de seguir.

FOJA DE SERVICIOS, decía ésta, SERVICIOS NACIONALES. Allí debía discriminar el sueldo. Anoté primero las materias: *Interino de Literatura Francesa I, Interino de Literatura Francesa II, Literatura de Europa Septentrional.*

En la columna derecha figuraba el salario de cada cátedra. La suma era elemental y decepcionante: desde Chaucer y las tendencias poéticas medievales hasta el problema de la muerte en Rilke, trescientos moneda nacional. De Baudelaire, Lautreamont, Verlaine y Lafforgue hasta Saint-John Perse y Jules Supervielle, doscientos cincuenta. Corrido de Baudelaire a Mallarmé, en curso general para principiantes, hacemos el mismo precio.

Cuando crucé frente al espejo de la Bedelía, ya no quedaba ni siquiera mi línea de puntos.

Abraham y el Oso no lo notaron. Una noche en lo del Oso, cuando Gladys terminó de desentonar una vieja canción mendocina, manifesté mi admiración de manera miserable y el espejo del comedor se tomó venganza: me dejó sólo el echarpe y el cuello de la camisa. Fui el único que lo advirtió, y de inmediato cambié de lugar en la mesa pretextando una corriente de aire.

Nunca hasta entonces había tenido en cuenta la invalorable ventaja de que los espejos estuvieran fijos a la pared. De haber sido móviles como mi persona, de haberme acompañado como testigos constantes de algunas de mis miserias cotidianas, sólo me hubiese quedado la locura o una patética confesión.

El don —porque eso llegué a considerarlo, un don— del reflejo me era negado no cuando traicionaba sino cuando me traicionaba. Sólo el espejo y yo éramos conscientes de aquella agachada silenciosa, de ese reptar de la conciencia que transformaba mi vida en un boqueo.

—No te da vergüenza, mirá —hubiera dicho Tía Tota, desde esa lógica que supera a la psicología. Pero Tía Tota masticaba tardes en Villa del Parque, y no era cuestión de que la molestara con una carta breve y más bien desesperada dándole cuenta de mi ausencia visual en los espejos—. No te podés ni mirar al espejo —diría Tota, despiadada y exacta.

El primer día después del incidente (qué palabra más horrible, ¿pero cómo denominarlo? ¿Accidente? Incidente, a pesar de todo, es más íntimo y menos crónica policial) descarté de plano que el fenómeno sucediera al revés: que no fuera yo quien desaparecía, sino el espejo el que desconocía su esencia. Esta segunda hipótesis era imposible: dejé de reflejarme delante de varias personas.

En esos años enseñaba con método y leía con desesperación. Si el mundo estallaba, sólo iba a enterarme uno o dos días después, cuando *Los Andes* lo publicara en la página 6, como una nota de interés general. (No conocía en esos años el título de *Le Monde* el día que la bomba atómica cayó en Hiroshima: "Importante Progreso Científico").

En todo caso, éramos jóvenes e inmortales, teníamos un futuro del cual dudar y en el que confiar con la misma inocencia, y temíamos a la vejez. Yo acababa de cumplir los treinta años. Leía a Keats y a Shelley durante la siesta, cuando la ciudad ganaba ese aspecto de paro general, o mataba el tiempo con arreglos domésticos —"A ver si la termina esa canilla"—, poesía romántica y juegos matemáticos con el destino.

La Universidad de Mendoza era para todos un hotel, o un puente. Afirmábamos ante los demás y ante nosotros mismos que todo era cuestión de tiempo, de espera, de un paso al costado para dar después otro al frente. *We are all Greeks*, dijo Shelley en el prefacio de *Héllas*: todos somos griegos.

Nos sentíamos griegos. Buscábamos la belleza sin traicionarnos; sin saber que relatarla podía significar, al mismo tiempo, traicionarla y traicionarse.

Me preocupó que Florencio se impusiera a Julio. Florencio era el de las escarapelas, el de los formularios con letra clara y prolija, el de Bolívar y de Chivilcoy y, por qué no, el de Shelley o Keats recitado desde lo más alto del ropero. Florencio se tomaba en serio, tenía tres tonos de tos que repetía con facilidad y escribió durante meses un ensayo titulado: "La urna griega en la poesía de John Kyats". *According to my state of mind, I am with Achilles in the trenches, or with Theocritus in the vales o f Sicily*, decía el epígrafe de apertura.

—Por dos caminos parece operarse el acceso del mundo moderno...

—Pará, Florencio.

—... a las órdenes de la antigüedad grecolatina, toda vez que un anhelo de conocimiento e identificación anímica hubo de impulsarlo...

—Cortala, hermano.

—... a volverse hacia él en procura de un contacto que le restituyera valores no siempre preservados a lo largo de la evolución histórica europea.

—Muy lindo, ¿eh?

El Oso prefería los cuentos que yo cargaba desde Chivilcoy, condenados a la reescritura perpetua. Le gustaban "Casa tomada", y "Estación de la mano". El insistió hasta que *Égloga*, la revista de Américo Cali, publicó este último a comienzos de 1945.

En aquella época yo llevaba más de quince días corridos sin reflejarme en los espejos. Y había terminado por asumirlo como una fatalidad permanente. Programé mi futuro inmediato: ese fin de semana de enero iba a reunir a Abraham, al Oso y a Gladys (también podría estar presente el Osito). Iba a contarles. Decidí el camino de la confesión poco después de aceptar el designio del espejo. Todavía llevaba encima, en el bolsillo interno del saco, el memorándum del 15 de diciembre, firmado por Julio Florencio. Ese era sin duda el motivo; esa carta hacía evidente ante el espejo mi imbécil sujeción a Florencio:

Mendoza, 15 de diciembre de 1944

Señor Decano de la Facultad de Filosofía y Letras
Dr. J. F. Cruz

De mi más alta consideración:
Me dirijo a usted para poner en su conocimiento que en el día de ayer, y correspondiéndome recibir exámenes de Literatura de la Europa Septentrional en carácter de Presidente de Mesa, me fue comunicado por personal de la Secretaría de esta Facultad que el Profesor Guillermo Kaul, integrante de la mesa conjuntamente con el doctor Juan Corominas (suplente por ausencia del Profesor Mario Dinetti), se encontraba recibiendo exámenes en la Escuela de Lenguas Vivas y que por lo tanto el examen antes mencionado no podría iniciarse hasta las diez de la mañana, como efectivamente aconteció.

Al margen del inconveniente derivado de la superposición de horarios de exámenes, surge con toda claridad en lo anteriormente expuesto la lamentable negligencia que supone que un Presidente de Mesa acuda a la Facultad de acuerdo al horario convenido, tras lo cual y con evidente displicencia (pues me correspondió a mí hacer la averiguación del caso) se le advierte que deberá permanecer una hora y media a la espera de que la mesa pueda integrarse reglamentariamente.

Cumplo con mi deber de Profesor de esta Facultad poniendo en su conocimiento hechos que entrañan desconocimiento de la jerarquía universitaria, y que deben concluir para bien de esta casa de estudios.

Saludo a usted con mi más alta consideración:

Julio Florencio Cortázar.

—Jerarquía universitaria, soy un pelotudo —me dije a mí mismo cuando recibí una copia de la protesta, debidamente sellada por la Mesa de Entradas de la Facultad.

—Se lo nota más alto, Cortázar —le dije a nadie, frente al vacío espejo del baño—. Más jerárquico —agregué.

—Ché, Largázar —me pararon en el Patio de las Palmeras, camino a un examen—. Le tiraron de los huevos a Duvobe. Me dijo Celita que mañana el Decano te manda una carta de disculpas.

Di un brusco paso al costado para evitar que una de las ventanas de Ciencias Económicas se tomara venganza.

Esos quince días de espera —hasta el primero de enero, cuando Roque Santángelo y el Oso Serio Sergi enarbolaron con orgullo un ejemplar de *Égloga*— me dieron la clave para escapar de los espejos.

El Oso arrojó la revista sobre el centro de la mesa y dijo, imitando la tonada de los porteños:

—Ahí lo tenés.

Roque sonrió. Yo miré extrañado.

—¿No era eso lo que quería, Largázar? —dijo Roque.

—Tu primer cuento publicado —dijo el Oso. Seguí el juego con displicencia; miré la revista como si de pronto me hubiera convertido en un autor asediado por las editoriales. La sostuve en la mano, como si se pudiera pesar el texto, y quise cambiar de tema.

—¿Y qué? ¿No decís nada? —dijo Santángelo.

"Estación de la mano", leí. Hojeé las escasas cuatro páginas del cuento. Me detuve en la firma y comenté:

—Mi primera errata.

La firma al pie decía *Julio A. Cortázar*, aunque en el índice figuraba como Julio Florencio.

Los dos me condenaron con una mirada. Era obvio lo que pensaban: "No hay nada que le venga bien". Entonces fueron ellos los que cambiaron el tema de la conversación.

Convencido de que el azar es simplemente otra lógica, esa noche miré una y otra vez la errata: *Julio A.* ¿A de qué? De Alto, de Aquiles, de Analfabeto (Hanalfabeto).

Quise poner el espejo a prueba; me acerqué por el costado pegué el cuerpo contra la pared y extendí la mano con *Égloga* hasta que parte de la revista quedó frente al espejo.

La alegría me paralizó: ¡se reflejaba! Avancé lentamente la revista sobre el espejo hasta que se reflejó completa, y con ella parte de mi mano y la manga del suéter.

Apoyé la frente contra la pared, mi corazón latía con velocidad. Había que hacerlo. Entonces di un salto a mi derecha y miré fijamente ese pedazo de vidrio: tenía enfrente a un idiota de un metro noventa, con los lentes torcidos y la camisa saliendo del pantalón, que jadeaba mirando su reflejo en una habitación vacía.

Dos horas después llegó Abraham y me felicitó por "Estación de la mano". La noticia, dijo, da vueltas por toda la ciudad (por lo que nosotros creíamos toda la ciudad). En esos años, cuando yo publicaba o incluían al Oso o Abraham en una colectiva de grabados, nos comentábamos el hecho como una forma sutil de venganza, de alegre revancha. Éramos nosotros los que —aunque sólo fuera por un momento— hacíamos sonar la campana. Imaginábamos lo mejor, pero no podíamos saber si aquello era el comienzo de la gloria o de un gran fracaso. Era un comienzo, y como todo comienzo valía la pena celebrarlo. Era nuestra voz —no alguna voz, no cualquier voz— la que sonaba.

Abraham dormía en el sofá cuando la errata me dio la clave de defensa frente al espejo. Fue el azar —o el corrector de la revista; ¿sería el mismo Américo?— quien intuyó el antídoto contra el espejo desconociendo mi enfermedad: Florencio, arriba de una tarima, protegido por un escritorio, podía citar a Keats con voz engolada, pero nunca se hubiera atrevido a exhibir un relato tan infantil como el de una mano que el narrador dejaba entrar a su casa por la tarde.

Era una mano que se acercaba sin titubear hasta la ventana, como urgiendo que le abriesen, y otras veces llegaba lentamente, por los peldaños cubiertos de hiedra donde, a fuerza de trepar, había calado un camino profundo.

La euforia me impedía dormir. Caminé discretamente hasta el armario. Busqué la carta al Decano. La encontré debajo de un ejemplar de *Los Andes* que perdió el equilibrio en la mesa de luz e hizo que Abraham se rascara la nariz.

Me quedé inmóvil más de un minuto. Me decidí. Volví a pegarme a la pared y le mostré la carta al espejo. No se reflejaba.

Esa noche no me dormí hasta pasadas las cinco.

Mi secreto contra los espejos no es infalible; todavía me persiguen, ignorándome cada tanto, y hay veces en que soy yo mismo el que les salta encima, tratando de sorprenderlos en un *faux pas*. Con el tiempo averigüé otra técnica que los mantiene a raya y consigue buenos resultados en el noventa por ciento de los casos: frente a los espejos hay que sostener la mirada, hasta que sean ellos los que bajen la vista, avergonzados.

Polaroids

Cuando recibí las llaves de la habitación 52 de la pensión 9 de Julio, en Clorinda, era feliz.

Era mediados de año, el calor de Formosa se soportaba bastante, y yo subí los tres pisos por la escalera con el llavero saltando entre las palmas.

Quizá no era feliz en el sentido que le dan los poetas a la palabra, pero de todos modos no leía poesía desde la secundaria (a duras penas recordaba algunas líneas de Alfonsina Storni).

Es curioso: siempre que mencionaba esa palabra —felicidad, como en este momento—, me sentía obligado a aclararla; había algo en mí que me impedía merecerla. Si la vida era esto, tenía todo lo necesario: un trabajo que me permitía viajar, una mujer, tres hijos. Sólo una vez me perdí el cumpleaños de la del medio. Normalmente la empresa me bajaba a Buenos Aires cada quince días y —llegado el caso— podía alterar la rutina con algún compañero de la Ruta Norte.

La vida en las pensiones no era el aspecto más tortuoso del trabajo. Con los años fui ganando cierto amor por la eventualidad. Un timbre de teléfono

—Laura nunca llamaba, ahorrábamos para la casa nueva— significaba un cambio de rumbo: de Clorinda a Salta, o a Paraná, o a Posadas. Mi destino se dibujaba y corregía como en una de aquellas pizarras mágicas. Semanas atrás, en Corrientes, Rodríguez me empezó a joder con lo de las mujeres:

—Alguna negrita tendrás.

Respondí sin pensar. Le dije que era feliz, y enrojecí. Me sentí un imbécil y la conversación cayó en un silencio oscuro que sólo rompió el mozo minutos después.

Estuve enamorado una vez, pero fue hace tanto tiempo que el rostro de ella se desdibujó del mismo modo en que se pierde el reflejo del sol en los estanques. Una noche, en Chajarí, intenté recordar su nombre durante horas. La palabra estalló en mi frente a la mañana, en el mostrador de la cafetería, cuando pedí la cuenta:

—Alicia.

—¿Qué? —preguntó la chica de uniforme rosado.

—No, nada.

Era todo lo que podía recordar Esa palabra y el pelo color caramelo.

Mi memoria tenía manchas. A veces eran manchas oscuras, de tinta indeleble, y otras veces eran manchas claras, de lavandina. Laura decía que era por el accidente. En realidad, Laura dijo una vez que era por el accidente:

—Es por eso —dijo, y pasó un repasador sobre el mantel de hule, para limpiar las aureolas de las tazas de café. Las manchas marrones desaparecieron. El tema la ponía molesta, y esa noche arrancó al menor de la mesa para llevárselo a la cama. Nunca volví a hablar de ese tema con ella.

Yo no recordaba el accidente: sólo una luz, otra luz de frente, y después el olor a pasto mojado. Y la cara de Laura —en ese entonces yo no sabía que se llamaba Laura—, y la mano del médico sosteniéndome la mandíbula cuando me dijo:

—Tiene que dormir. No es nada grave.

Dormí más de una semana. Después tuve, durante meses, un extraño miedo a la noche: me costaba conciliar el sueño hasta que llegaba el amanecer. Entonces fue cuando comenzaron las manchas blancas.

—Otra vez por acá —dijo la mujer cuando me dio la llave de la habitación y repitió "Cincuenta y dos".

Tirado en la cama recordé esas palabras. Quizá porque me faltaban había aprendido a pronunciar las palabras necesarias. Era obvio que yo estaba ahí, era obvio que otra vez estaba por ahí.

—Otra vez por acá —había dicho la mujer.

Las tardes en Clorinda eran tranquilas y exasperantes. Durante el verano soplaba un viento cálido, que se pegaba a las paredes, al agua del baño, a los formularios. La gente mataba el tiempo en los bares o en el Club Social. Jugaban al truco o a los dados en una atmósfera de confesionario que sólo se rompía con un grito de flor, o generala servida. A la mañana, poco antes de las seis, comenzaba a formarse la fila de clorinderas frente a la frontera, esperando que los gendarmes abrieran el paso a Paraguay.

Todos esperan ganar alguna cosa en la frontera. La mayoría se enferma de una especie de fiebre del oro que los impulsa a cargar bolsas de harina, tanques ocultos de nafta, aparatos de video. Pero ninguno como aquel tipo de doble apellido, Gutiérrez Olmos, si no me equivoco, que andaría por los cincuenta años y siempre vestía traje cruzado a rayas.

—Acá lo ve —me dijo una tarde en que perdíamos el tiempo en un bar frente al supermercado.

Lo miré sin entender. Yo había hecho una pregunta idiota y casual. A qué se dedica, o algo así.

—El paquete.

El tipo había apoyado en medio de la mesa un paquete envuelto en papel madera, de unos veinte centímetros por treinta. Corrió el hilo sisal y abrió apenas el envoltorio, y dejó que se viera el interior. Dijo en secreto:

—Hojas de afeitar.

Sonrió ante mi expresión.

—Hay doscientas. Veinte cajas de diez. No hay que llevar más, no vale la pena.

El tipo llevaba todos los días uno de esos paquetes hasta Itá Enramada. Ahí, un socio las repartía en los kioscos.

—Doble filo —dijo—. De las buenas.

Las hojas iban o venían, según la cotización del guaraní.

Era uno de esos porteños en vías de extinción: pañuelo haciendo juego con la corbata y una manera de hablar de película argentina del cuarenta. Nunca llegamos a tutearnos, aunque lo frecuenté varios meses. No hacía preguntas, y yo le devolvía la gentileza.

Es curioso: podría describir cada detalle de su ropa, o el color de su pañuelo, pero casi no recuerdo su rostro. Puede que usara bigotes. Tenía voz de pito, eso sí, y arrastraba las consonantes; las pronunciaba dobles. No sé si lo dije: me recordaba aquellas viejas películas de pianos de cola, de las hermanas Legrand, de mujeres almidonadas hasta las pestañas.

—*Los árboles mueren de pie*, ¿se acuerda?

—Cómo no me voy a acordar. La época de oro. Qué tiempos —dijo el viejo, y perdió la mirada en la calle, atentamente, como si pasara un desfile.

—¿Usted iba mucho al cine allá en Azul? —me preguntó.

—¿Qué?

—En Azul, digo, si iba al cine.

—Nunca fui a Azul.

El viejo sonrió, molesto.

—Nunca estuve en Azul —insistí.

—¿Usted no era de allá?

—No.

—Me debo confundir, entonces.

Esa noche, cuando llegué a la pensión, escribí: *Azul*, debajo de una lista de pedidos. Después hice un bollo con el papel y lo tiré en el canasto del baño.

Un viajante de Kodak me contó una noche, en Concordia, que las polaroids no resisten el paso del tiempo. Cuando Elisa era recién nacida Laura insistió durante semanas para que compráramos una cámara. Yo detestaba las fotografías; siempre las vi como testigos de cargo de nuestro pasado. Cuadrados o rectángulos de papel que nos mostraban más gordos, o más flacos, o más felices; de cualquier modo otro, con otros sueños en la cara.

—Te roban el alma.

—¿Qué decís?

—Como los indios, Laurita. ¿No te acordás que los indios decían que las fotos les robaban el alma? Eso siento, que te roban el alma.

—No digás pavadas, querés.

Una polaroid era, por lo menos, un remedio contra la ansiedad. Un par de segundos y ya. El dato del viajante me aportó cierto consuelo: no duraban.

—Se borran; se aclaran, viran al sepia o al amarillo y acaban por desvanecerse.

De inmediato pensé en las manchas.

—No al poco tiempo. En diez, doce años. Ahora están buscando una fórmula más permanente —dijo, y me mostró unos folletos.

Imaginé a un grupo de científicos cuyo trabajo consistía en reconstituir fotos desvanecidas. Toneladas de polaroids en blanco que llegaban de todos los rincones del mundo acompañadas de demandas judiciales intimándolos a que devolvieran la imagen completa de la Tía Luisa, de la nena cuando era tan rubia, de papá abanderado en el Nacional. Mientras el viajante detallaba un complicado proceso de deterioro de la emulsión yo imaginé los textos de las cartas.

Esa noche, en Clorinda, escribí unas líneas buenísimas para despachar a casa por el correo de la empresa: *Comprá otra cámara. Las polaroids se borran.* Laura lo entendería.

Cuando a la mañana dejé el sobre en el escritorio de la sucursal, advertí el error. El encabezado decía:

Alicia Bernardi
Pringles 32
Azul

Me quedé inmóvil mirando el sobre.

—¿Se arrepintió? —dijo el empleado.

—¿Qué?

—Si se arrepintió.

—No. No. Me olvidé de una cosa. ¿Estás hasta las seis? —le dije, sabiendo de memoria que atendían hasta las seis.

—Sí, hasta las seis, seis y cinco.

Pedí una soda en el parador de la estación y jugué con los bordes del sobre, que me quemaban. La voz de Gutiérrez Olmos surgió por detrás del escape de un micro que maniobraba para salir

—Usted por acá —decía.

Escondí el sobre en el bolsillo del saco.

—Vine a despachar una carta —me excusé.

El viejo pidió un Cinzano y se acomodó en el taburete.

—Qué cara, mi viejo, ni que hubiera visto un fantasma —me palmeó.

Nunca pude dominar mis caras, es algo que me fastidia desde siempre.

—Miel en el horno. Eso dicen los paraguas. Para que no venga el pombero hay que poner miel en el horno. El pombero, el fantasma ése.

—Sí. Yo también lo escuché.

Una familia con cuatro chicos se había acomodado en el otro extremo de la barra. Uno de los chicos hacía burbujas en la botella de Coca-Cola.

—¿Se molestó con lo del otro día? —me dijo el viejo.

—No. ¿Con qué? —mentí.

—Con eso que le pregunté de Azul.

Me asombró que lo recordara, y llevé automáticamente mi mano al bolsillo, para sentir la carta.

—Usted vio cómo es la ruta —siguió, sin darme tiempo a contestar—. A veces uno cuenta cosas de las que se arrepiente, o inventa historias para matar el tiempo.

—Yo no inventé ninguna historia.

El viejo lamió la espuma del Cinzano.

—Será como usted dice, uno habla con tanta gente...

Me moví en el asiento. Sentí que el viejo me adivinaba sin el menor esfuerzo.

—Con mucha gente —dije por decir algo.

—El que lo anda buscando es el gerente del supermercado. Parece que tiene un pedido grande para fin de mes.

—No tuve tiempo de pasar. —Era la excusa más idiota que podía dar alguien en Clorinda.

El viejo terminó el vaso de un sorbo.

—Eso es lo que tiene la ruta —dijo—. Yo en mis años me pasaba tardes enteras tirado en la cama, mirando el reloj o un pliegue de la colcha, hasta que se hacía de noche. No hay nada que hacer, y no hay tiempo. Me acuerdo una vez, en Chivilcoy; yo era un pibe, tendría treinta, treinta y cinco. En la pensión de enfrente había una chica muy modosita, que parecía maestra. Yo no sabía ni cómo se llamaba, pero la bauticé Esther. Nombre de maestra. Me quedaba las mañanas enteras en la ventana, esperando que saliera a barrer la vereda. Ahí sale Esther, decía. Y hablaba con ella desde lejos, como si la conociera. A veces le preguntaba por la madre. La madre nunca salía a la vereda, pero se la veía atrás de la cortina del living, toda la tarde mirando afuera. O por los alumnos, le preguntaba también. Con decirle que hasta tenía ansias de que me tocara Chivilcoy para ir a verla. Ella salía siempre nueve, nueve y cinco. Después hacía las compras y a la tarde no sé. Una vez la seguí, pero me pareció que se daba cuenta y desistí a las dos cuadras. Yo creo que me tenía miedo. No sé ni cómo era su voz. O, mejor dicho, sé; pero no voy a saber nunca si era así en realidad. Con el tiempo me cambiaron de ruta y no pasé más por Chivilcoy; sin embargo muchas veces pensaba en Esther, y hasta llegué a acordarme de ella como si me hubiera acompañado en los viajes. En Tucumán y en Famaillá. No sabe lo que era el calor, otra que Clorinda. Y en Salta dos veces. Yo estaba en el hotel, sonaba el teléfono y pensaba: "Es Esther, me llama para que vuelva a Chivilcoy". Al comienzo era un juego: evidente que ella no tenía mi teléfono, ni siquiera conocía mi nombre. Pero cuando el teléfono no sonaba me extrañaba que Esther se hubiera olvidado de llamar. Y mire lo que son las cosas: con el tiempo resultó que la familia materna de Dorita, que en paz descanse, era de Chivilcoy. Yo nunca quise ir allá con ella, ni para las fiestas, por miedo a encontrarme con Esther

El viejo levantó la mirada. Yo tenía los ojos rojos.

—Le van a cerrar el escritorio, son menos diez —me dijo—. Deje, yo invito.

—¿Qué pasa, no venís? —preguntó Laura extrañada, del otro lado del teléfono.

—Sí, sí. El jueves.

—Pensé que había algún problema

—¿Elisa bien?

—Sí, acá está. Qué raro, vos llamando...

—Vos cómo andás —le pregunté.

—Bien, yo bien. Recién termino de darles la comida. ¿Te pasa algo?

—No, Laura, no me pasa nada.

—¿Vendiste bien?

—Como siempre.

—El fin de semana quedé con Carlos para llevar los materiales en la camioneta.

—Está bien.

—Si el domingo hace lindo día nos podemos quedar allá hasta la nochecita.

—Bueno. ¿Tenés plata?

—¿Plata? Sí, sí. Si me diste la semana pasada. ¿No te pasa nada, seguro?

—Nada, Laura, tres veces que me preguntás lo mismo. No me pasa nada.

—¿Hace calor?

—No. Te mandé una carta.

—¿Por? —se preocupó.

—Nada, una carta avisándote que no compres una Polaroid, porque un tipo me dijo que las polaroids se borran. Allá te explico.

—Ah. ¿Es eso solo?

—Bueno, chau.

—Chau, un beso grande.

La voz de Laura me tranquilizó. Detrás de su voz adiviné ruidos familiares: el televisor, las peleas entre Elisa y Diego, la loza de los platos flotando en el agua y golpeando contra los bordes de la pileta. La voz de Laura tenía algo de cauce, de acá estoy, es por acá.

—Otra vez por acá.

—Alguna negrita tenés.

—Alicia.

—Te roban el alma.

—Se borran, acaban por desvanecerse.

—Tiene que dormir. No es nada grave.

Tenía que dormir, eso era todo. Al otro día levantaba el pedido del supermercado y de vuelta a Buenos Aires.

Me tiré vestido en la cama y escuché los ruidos de mi vecino, mientras imaginaba sus pasos. Tenía sintonizada Radio Nacional. Mi vecino caminó hasta el baño —oí el ruido de la canilla al abrirse, y el chorro de agua que salía con debilidad—, hizo un buche y apoyó el vaso en el borde del lavatorio.

Apagué y volví a prender la luz de la mesa de noche mientras mi vecino cambió de estación. Sonaba el noticiero de Radio Colonia cuando recordé la cara de Laura, y la vi el domingo entre los cimientos de la casa nueva. La cara de Laura con el sol de frente, acomodándose el pelo. Atrás la voz de Carlos, que bajaba unos caños de la camioneta, y el olor a pasto mojado.

Después dormí.

Me desperté a las seis, boca abajo y con la luz encendida. No atiné a moverme, y pasé varios minutos mirando de reojo el borde del cenicero.

Pensé: son las seis, el micro sale siete y media. Me di vuelta para encender un cigarrillo. Planifiqué todos los pasos a seguir, y media hora después los cumplí con exactitud. Tomé el desayuno en la estación, compré el boleto y el diario, dos atados de Particulares Treinta y esperé en un banco hasta que el micro estuvo a punto de salir y el guarda buscó con ansiedad al pasajero que faltaba.

En el viaje leí dos veces la sección deportes y hablé de trivialidades con una vieja que se bajó en Rosario: iba a ver a su sobrino en San Lorenzo, que ya se estaba por recibir, imagínese, una se descuida y los chicos ya son hombres. La escuché sin responderle hasta que empezó a hacerme preguntas; entonces sonreí y le dije que estaba agotado y le pregunté si ella podía dormir en los micros.

—A todo se acostumbra una —dijo, y miró por la ventanilla.

No la vi bajar; desperté cuando el micro salía de Rosario hacia la ruta. Ya era de noche. El viento pegaba contra las ventanillas y en los asientos de adelante había dos o tres luces encendidas. Gente que leía, o revisaba su pasado mirando la oscuridad. Por encima del ruido del motor oí la conversación entrecortada del acompañante y el chofer; a veces uno de ellos se reía a carcajadas. Antes de dormirme oí la risa de una mujer que estaría sentada al lado de la escalera.

Cada tanto veía la luz de algún camión que nos cruzaba en la ruta; una luz y un rugido, y de nuevo el rumor constante del motor, y así hasta que finalmente entré en el silencio.

Amanecía cuando el micro llegó a destino, y hacía frío. En la parada dormían dos taxistas. Le golpeé a uno el vidrio de la ventanilla; y se despertó sobresaltado. Me miró y se refregó los ojos. Después me abrió el seguro de la puerta de atrás.

—Otra vez por acá —dijo cuando terminé de acomodarme.

Yo sonreí y dije:

—Pringles 32.

El centro de Azul estaba desierto. El taxi no bajó la velocidad en las esquinas, y llegó en menos de cinco minutos.

Se detuvo, bajé las valijas y oí cómo arrancaba a mis espaldas mientras yo buscaba las llaves en el bolsillo trasero del pantalón. No las tenía. El taxi estaba lejos; toqué timbre. La cortina del living se corrió apenas, y volvió a cerrarse, y una voz dijo adentro: *Volvió, volvió.*

Después oí los pasos apurados de Alicia que se acercaban a la puerta.

Un pez en el aire

La jungla

"Tengo sólo dos manos", dice la hermosa azafata.
Y sigue caminando a lo largo del pasillo con una bandeja, y
ausente de su vida como siempre, piensa él.
Hacia la izquierda, más abajo, a lo lejos, algunas luces
de un pueblo sobre una colina de la jungla.

Tantas cosas imposibles han sucedido,
él no se sorprende cuando ella
regresa a sentarse en el asiento a su lado.
"¿Bajará en Río o sigue a Buenos Aires?"

Una vez más ella expone sus hermosas manos.
Los pesados anillos de plata que sostienen sus dedos,
el brazalete dorado rodeando su muñeca.

Están en algún sitio en el aire,
sobre la humedad del Mato Grosso.
Es muy tarde.

Él sigue estudiando esas manos.
Mirando esos dedos crispados.
Es meses más tarde y
difícil de relatar.

RAYMOND CARVER

Esta ciudad había perdido algo.

Era imposible saber qué, pero apenas saltó al piso de la estación de tren y cayó en manos de una delegación de corbatas de seda y aroma a naranja, supo que esa ciudad estaba condenada a la ausencia.

—Es un gusto, realmente un gusto —dijo uno de los funcionarios en un escrupuloso inglés de escuela primaria. Carver se lo imaginó la noche anterior, practicando las erres frente al espejo.

La estación de tren no era suntuosa, pero lo había sido alguna vez. Los frisos sobrevivían como parientes molestos.

Sin darse cuenta, Carver se encontró en el asiento trasero de un remise, mientras el chofer y el resto de los integrantes del grupo hablaban a la vez. Todos habían visitado Miami ese año, o el anterior, y hablaban de los Estados Unidos con fascinación. Uno de ellos elogió la proliferación de los teléfonos públicos en las autopistas, y Ray sintió que su nacionalidad era un objeto de envidia mayor que su literatura.

Estos viajes eran patéticos y encantadores: comenzaban con una carta desde algún lugar remoto, redactada en pésimo inglés, y una respuesta de su agente, en tono farmacéutico, "comunicándole que el Profesor de Literatura Creativa Raymond Carver ha logrado hacerse sitio en su agenda para visitar vuestra Institución". El resto era una espiral que vinculaba São Paulo con Bogotá y Caracas. O Rosario.

—¿Viene de São Paulo? —preguntó el chofer, aunque conocía la respuesta.

Él mismo lo había llamado al Bras-Hilton la noche del lunes.

—Sí —contestó Ray en castellano.

El coche tomó por un boulevard mientras Ray contó, aburrido, que lo habían asaltado, tres días antes, en la Avenida Río Branco.

—No hay ninguna seguridad. A nosotros el año pasado... y no somos los únicos. Unos amigos que... —se animó la mujer, que recibió una mirada de recriminación.

—Sí, es horrible —dijo la mujer, y evitó la anécdota.

El río apareció de golpe al costado izquierdo del automóvil. Al verlo, Ray sintió que empezaban a explicarse los motivos de la ausencia. Los ríos tienen esa cualidad que provoca, al mismo tiempo, lágrimas y excursiones de pesca. El viejo que estaba a su derecha, tapándole la ventanilla, lo sorprendió mirando el río. Ray se sintió un niño descubierto. El viejo sonrió con educación. ¿También pensaba en el río?

La voz de la mujer sonó lejana:

—Esta noche, entonces.

Ray acomodó un bolso entre sus piernas.

—Míster Carver...

—¿Sí?

—Nos encontramos a la noche.

—Sí, claro.

—Tiene tiempo hasta las nueve para descansar en el hotel.

Después vio brillar la luz de stop del automóvil, que se detuvo en doble fila en la calle Sarmiento; y vio a un adolescente de saco verde caminando con decisión hacia las valijas.

Revisó el baño: la canilla goteaba como de costumbre y el inodoro estaba cruzado por una banda de papel que garantizaba su desinfección. La habitación medía poco más de diez pasos, y la ventana daba a un edificio de oficinas. Había alguien trabajando en la luz del quinto o sexto piso de enfrente. Ray se tiró en el único sillón y encendió un cigarrillo.

Los cuartos de hotel eran fascinantes; no se podía clavar un clavo en esa pared, pero sin embargo, en ese mismo lugar, la noche anterior quizás, una persona había planeado su suicidio o pensado seriamente en abandonar a su mujer y a los chicos. Buscó en vano en el cajón de la mesa de luz, hojeó la guía de teléfonos (tenía una página arrancada por la mitad, en la sección de avisos comerciales) y abrió los cajones de la cómoda con curiosidad. Ni una Biblia.

El lugar estaba limpio.

Los sucesos de la noche anterior, fueran cuales fueren, no habían dejado pistas.

Lo consoló descubrir que no había Biblia. Así pudo evitar la compulsión de abrirla en cualquier página y consultar su destino. Siempre hacía lo mismo y, si la página no sonaba conveniente, abría el libro otra vez, y otra, hasta que alguna parábola encajaba justo en el rompecabezas del futuro que se había imaginado para esa semana, para ese sitio al que seguramente nunca iba a volver.

Seis y veinte. No valía la pena dormir.

Marcó el 9 para comunicarse con recepción, y cortó después del primer timbrazo. Iba a pedir arreglo para la canilla del baño, pero temió terminar encerrado en uno de sus mismos cuentos.

La voz de la solterona de la delegación del Jockey Club salió de golpe de uno de los cuadros de caza que estaban sobre la cama:

—Nos encontramos a la noche. Tiene tiempo hasta las nueve para descansar.

En realidad, no era una solterona. Ella misma se había encargado de aclararlo en el camino. Era una de esas personas condenadas a la exhibición, dominada por el vértigo de relatar su vida a cualquier desconocido. En menos de diez minutos le informó que estaba divorciada hacía siete años, tenía tres hijos, uno de ellos profesor en letras y becario de la UCLA, una niña de dieciocho ("La conocerá esta noche, seguramente. Le fascinan sus cuentos. Los lee en inglés") y un segundo hijo que no había merecido mayores referencias. Vestía pantalones ajustados y parecía haber estado sumergida en Eau de Calandre durante no menos de veinticuatro horas. Llevaba varias pulseras doradas en las dos muñecas.

—A la noche. Hasta las nueve. Descansar.

Ray se puso el saco de tweed. Faltaba poco más de una hora para las nueve, y se sentía definitivamente idiota sentado en el borde de la cama, tamborileando los dedos sobre las rodillas.

Caminó por Sarmiento hasta la peatonal: así que ése era el sitio. La esquina del Jockey Club tenía mármoles gastados y una escalera imponente. Un sitio absurdo para hablar de literatura creativa. Siguió por la peatonal, sin rumbo, e imaginó que la secuencia de la cena ya estaba escrita: cinco o seis parejas ceremoniosas, dos funcionarios del área cultural, el presidente del Jockey Club; algunas autoridades civiles y militares y dos o tres estudiantes avanzados y perfectamente triviales. El grupo habría pasado horas ensayando hasta el gesto más casual, desordenándose un mechón de pelo, practicando una risa cándida pero correcta. Él, por su parte, contaría las anécdotas de rutina: condenado a dar clases para ganarse la vida, diría que en realidad temía tanto a los alumnos que muchas veces se descubría a sí mismo hablando en un tono de voz casi inaudible, escudado en el escritorio. ¿No alcanzaba que ellos aprendieran a leer? Los años lo habían vuelto tolerante; hizo todo lo posible por resbalar de las definiciones y dejar los juicios categóricos para los ejercicios de lógica formal. Contaría que meses atrás una de sus peores alumnas, la peor en veinte años de docencia, ganó un importante premio literario. ¿Y si la hubiera desanimado cuando no le quedaban dudas de que era la peor de la clase? Esto era lo más duro que se animó a decir frente a una clase:

—Creo que es bueno que tengan cierta historia.

La secuencia de la cena cerraría con el remate de la anécdota:

—Entonces el chico se paró y me dijo: "Esta clase se llama Teoría y Forma de la Novela Corta", y todo lo que hemos hecho hasta ahora es charlar de libros. ¿Dónde están la forma y la teoría?

El grupo produciría un silencio, y la solterona sería incapaz de contener una risita contagiosa. Él iba a completar el relato en voz muy baja:

—Eso me sorprendió tanto que no supe qué decir. Me levanté de mi silla, recorrí despacio el frente del aula una y otra vez, y di una fuerte pitada al cigarrillo. "Bueno", dije, "esa es una buena pregunta. Yo diría que estamos acá para leer buenos libros y comentarlos. En cuanto a las teorías, ustedes elaborarán las suyas en cualquier momento".

El futuro estaba condenado a repetirse.

Decidió faltar a la cena.

Cuatro muchachos caminaban hacia él por el medio de la calle. Ray temió que fuera a repetirse lo de São Paulo. Tensó los músculos de los brazos y sacó las manos de los bolsillos. Volvió a sentir la navaja en el cuello y la respiración agitada de los ladrones. Pero los muchachos cruzaron la calle sin mirarlo.

Ray siguió caminando despacio y recuperó la respiración. Dos cuadras adelante estaba el río, allí la ausencia se volvía más evidente.

Pasó frente a un par de cabarets (era temprano, todavía tenían las persianas bajas y un cartel en cuatro idiomas que ofrecía sexo políglota) y cruzó el boulevard. No supo sino hasta el día posterior que caminaba a pocos metros del Monumento a la Bandera. Cuando le contaron la historia de Belgrano, la imagen de aquel hombre de bronce mirando al cielo le pareció infantil. Todos necesitamos un ángel de la guarda.

Pasó frente a un viejo sentado en una silla de mimbre junto a una puerta abierta. El viejo miraba obsesionado el mango de su bastón, pero levantó la mano unos pocos centímetros para saludar, cuando Ray estuvo cerca.

—'night —murmuró Ray.

Dentro de la casa sonaba un televisor.

—You have a cigarette? —largó el viejo cuando Ray estaba a algunos metros. Retrocedió y le tendió el atado. El viejo luchó contra su pulso hasta sacar un cigarrillo del paquete.

—Take another one, please —dijo Ray, y acercó el atado de nuevo.

El viejo sacó otro y sonrió.

—You are business-man —dijo enarcando las cejas. Su voz tuvo el mismo tono de todas las respuestas en los programas de concursos de la TV.

—Yeah.

—What business?

—Ships —dijo Ray mirando el río. Una arenera cruzaba el horizonte a paso de hombre.

El viejo le señaló el escalón de mármol de la puerta. Ray se sentó allí. Era una de las pocas veces en su vida en que no buscaba una historia.

Los dos fumaron en silencio hasta que una chica pasó en bicicleta por el boulevard. Oyeron el ruido de la cadena que giró en sentido contrario, liberando las ruedas, y el viejo tosió.

—Shit —dijo—. Look the river.

El río era azul y gris.

—You know... —empezó a decir Ray, pero calló.

El viejo volvió a mirar el bastón.

—You know where I can get a cab? —mintió Ray.

El viejo señaló con el bastón hacia la derecha.

—Two cuadras —dijo.

Ray se fue con la absurda sensación de que cargaba para siempre con el recuerdo de este viejo. Llevaba otros rostros sin nombre pegados a su memoria desde hacía años: la cara de una chica en Budapest al entrar en aquella cafetería; la sonrisa de su vecino de abajo en aquel edificio de Washington Square, el rodete suelto de la azafata en un vuelo a Montreal. Podía dibujar su vida con un mapa de pequeños detalles.

Las cosas importantes ocurrían de otra manera: las discusiones con Tess, los consejos de Gardner y también la muerte de Gardner en esa maldita moto, la nostalgia por el licor. Pero había rostros que no lo abandonaban; secretarias de andar liviano de las que se enamoró en un semáforo de la calle 42, auxiliares de cátedra por las que pensó seriamente en cambiar de vida, hasta comprender que terminaría asesinándolas en un mall, tres meses más tarde.

En el fondo todo era una inmensa casualidad, o un sueño. Sabía que tarde o temprano iba a despertarse en el Chico State College de California, entre la burla de sus compañeros, y esperaba en calma ese momento.

Pasó un par de horas frente al río. Sufría melancolía del presente. No era feliz ni infeliz, lo sofocaba que la vida transcurriera sin su intervención. Podía mirarla desde una vidriera, o hacer estallar el vidrio de un piedrazo, pero no iba a cambiar nada. Relatando la vida lograba tolerarla. Llevar la realidad hasta un punto tal que no le rompiera el corazón.

A pesar de todo, no había garantías contra el olvido. En sus años de alcohol, durante el sopor que tanto tardaba en llegar sucedía lo mismo. La vida no cambiaba, sólo daba vueltas. Una cabeza repleta de círculos hasta la llegada del sueño. Miró más de diez minutos el contorno de un bote sin detenerse en los detalles.

El bote estaba ahí, en medio del río, y el peso del pescador lo inclinaba a la derecha. Vio cuando el riel se tensó y casi oyó cómo siseaba la línea al correr. Entonces se volvió un animal: fijó la mirada en el hilo plateado y buscó en el agua el lugar de la lucha. El pescador tiró el cuerpo hacia atrás, el riel se tensó y un salmón dio un salto sobre el agua. Lo tenía. El pez endureció su cuerpo, se curvó en medio del aire y logró soltarse del anzuelo. La distancia impidió que Ray viera la cara del pescador, pero sí pudo imaginar su asombro. El río había vuelto a la tranquilidad.

La imagen del pez curvado en el aire se repitió diez o quince veces en su memoria. El pescador se había sentado a fumar en el borde del bote, Ray sintió deseos de estar con él. Nadie iba a creerle que el pez se soltó por eso. El pez tenía que vivir. Pensó en el pez, agitando silenciosamente su cola en el fondo del río. Para el pez había sido sólo un segundo, la luz, el ahogo, y la vida de nuevo. Para el pez era mejor el fondo del río que el estómago de un corredor de seguros.

Paró un taxi. ¿Sentiría el pez nostalgia de la muerte? Esa nostalgia no era menos absurda que cualquier otra cosa. El pez nunca había visto esa luz, esa fuerza recta que lo elevó del agua; ese ahogo similar a la felicidad. Aquel pez cruzó el límite sin pretender hacerlo —siempre se cruzan los límites durante un juego— y llevaba años de ventaja sobre el pescador

Le pareció ridícula la situación inversa: imaginó por un segundo al pescador tirado por la fuerza del pez hacia el fondo del lago, rezando una oración y agarrándose con desesperación a su caña. Imposible. El pescador había construido cada detalle de su vida para que eso no sucediera jamás.

—Girls?

Aunque la lógica era pura gelatina, Ray se sintió parte de alguna lógica que lo unía con el pez y el pescador. Él estaba allí para relatarlo, para sentir el corazón que empujaba contra el bolsillo del saco, para recordar cada detalle.

Tenía un temor reverencial a las palabras: estaban signadas por la ambigüedad. Un testigo necesita palabras concretas. La luz, el bote, la presión opuesta en los dos extremos del riel.

Si la vida era una sucesión de testigos, se preguntó cuál sería el suyo. Tal vez no existiera. La mayoría de sus amigos lo adoptaron como confesor, querían sacarse esas historias de encima y él era el exorcista ideal.

—Girls! Chicas, minas... Want girls? Want fucky?

Las historias no tenían remate. La realidad no tenía remate. Si cada historia terminara con un pez detenido en el aire, todo sería estupendo y agotador. Cuando cambió la suerte (y él siempre supo que la suerte iba a cambiar), Ray fue su propia historia. Todo el mundo lo perseguía para contarle detalles absurdos sobre la rotura del lavarropas, las costumbres de mamá o las extrañas sombras en la ventana de enfrente. La mayoría de las historias merecían ser ciertas.

El ruido del motor en marcha lo devolvió a la noche. Eran más de las doce. El taxista había frenado frente a un local iluminado y le preguntó:

—Girls? Many, many girls... Music... tango.

—Move on —dijo Ray.

El taxista dudó por el retrovisor.

—Yeah, go on. It's okey.

El taxi —que marcaba quince fichas de más— tomó a toda velocidad hacia Rosario Norte.

Dejarse llevar, como el pez. Dejarse arrastrar por la corriente. Sólo, suspendido en el medio del aire, arrancado por alguien de la seguridad del agua, llegaría a la nada. Así no; la corriente era dulce y sorpresiva y, aunque tenía un sentido, era imposible conocerlo desde dentro.

El taxista estaba contento: cantaba una canción muy lenta, parecida a las viejas canciones griegas. A cada rato repetía la palabra "Tango", y pegaba con las yemas de los dedos contra el volante. Ray vio dos veces el mismo edificio: daban vueltas en círculo. Bajó la ventanilla y dejó que el aire del río le diera en la cara. El chofer frenó y señaló a la izquierda, con la impostada majestuosidad de un guía de turismo:

—Telarañas Show. Tonight, Rita la Salvaje. Todas las nights, bah.

Ray sonrió. No hablaba español.

—Acá te lo dejo al gringo —dijo el taxista al tipo de la puerta.

Ray bajó y estiró las piernas.

—¿Te paso a buscar? —preguntó. Ray lo miró perplejo. —¿Wait? ¿I wait acá?

Ray negó con la mano.

—¡Lucky Strike! —gritó el taxista con el coche en marcha. De inmediato advirtió el error—. ¡Good luck! —dijo, y levantó la mano.

El portero y el turista ya estaban adentro.

Rita había sido salvaje a finales de los sesenta. Ahora se movía en la escenario con la gracia de un camión Mack. Ray no necesitó hablar con ella para adivinar la historia: había estado enamorada alguna vez, había querido salir de allí, se había jurado seriamente —mirándose al espejo del botiquín— que iba a juntar el dinero antes de los treinta para abrir una tienda, lejos, en otra ciudad, donde volvería a decir su nombre real y donde el maquillaje no le pegoteara las pestañas.

Rita tenía ojos bellos —mirada bella, en realidad— y tampoco podía sacudirse la ausencia. El micrófono hizo dos o tres acoples. Ray se instaló en la barra, tomó Coca-Cola, pagó algunas copas pero rechazó todas las sugerencias para pasar la noche.

En la penumbra de uno de los butacones del salón, un adolescente intentaba convertirse en pulpo: cantidad de brazos y memoria táctil con su presa. Abrazaba a una chica que, ajena a la metamorfosis, mascaba chicle mirando hacia la pista.

Ninguna de las chicas pasaba de los veintiuno y ondulaban casi desnudas sin ninguna dosis de erotismo.

El resto del bar —viejos y estudiantes, en su mayoría— estaba en Rosario Norte para redimirlas. "Por qué estás acá. Podrías conseguir otro trabajo. Yo puedo ayudarte." Preguntas y promesas que a la mañana siguiente tendrían la consistencia de un frasco roto de mermelada.

Ellas no querían enamorarse, aunque a veces caían rendidas a los pies de un viajante de comercio que ese año sin falta iba a dejar mujer y niños. Sus departamentos no eran sórdidos, sólo pequeños ambientes arreglados con afectación y desidia. Heladeras con limón seco, un sachet de leche y media docena de huevos de fecha incierta.

Ray recordó la historia de Holly. No sabía por qué. O mejor sí, lo sabía: por el hecho de que las mujeres rehicieran constantemente su virginidad. No hablaba de los polvos de ascensor, o de asiento trasero, o de cornisa. Pero era cierto que un extraño mecanismo húmedo y secreto funcionaba cada vez en la mujer y la volvía nueva. Cambiaban la piel de cada centímetro de su cuerpo, lustraban su pasado hasta que quedaba flamante. Aunque la ausencia se mantenía en los ojos. Esa era su forma de preguntar: "¿Será esta vez?".

Ray se sintió un traidor y un idiota recordando esto, pero esa noche el nombre de Holly —que no se llamaba Holly, por cierto; él la llamaba Holly— apareció una y otra vez. Holly en el borde de una copa en la mesa vecina, Holly en el chasquido de un encendedor.

Holly ya estaría casada, andaría por la vida con una ristra de niños tomados de la mano como muñequitos recortados en papel; tendría una camioneta roja y cierta costumbre por la felicidad.

En este lugar, en este remoto confín del planeta, había una ausencia que le recordó a Holly y le proponía preguntas idiotas.

En los setenta Holly tenía veinte años y leía a los clásicos rusos con la misma avidez que tienen ciertas personas por una bolsa de popcorn. Holly tenía algo de puerto, de despedida, imposible de definir pero que se hacía evidente en sus silencios.

Ray pensó esa vez que aquello iba a ser para siempre. Se acostaban en el piso hasta que la espalda de Ray sufrió un serio proceso de escoliosis. Sólo tenían el piso, un teléfono y un televisor, y una tarde Ray lloró y se fue en medio de una explicación absurda, y otra tarde volvió y días después, cuando miraban en silencio la televisión, Holly dijo:

—Hay algo que se rompió. —Lo dijo con naturalidad, como si siguiera una conversación que había empezado días atrás. Ray giró en el piso hasta mirarla de frente—. En mí, hay algo en mí que se rompió. Vas a irte, y entonces nada será igual.

Ray quiso responder una trivialidad, pero Holly lo detuvo.

—No es tu culpa. Yo antes...

Ray la tomó de la mano. Se sintió un miserable. Pensó en hablarle esa misma tarde, y no lo hizo. Creyó que lo mejor era dejar pasar unos días. Ahora el río y la ciudad y la ausencia traían la voz de Holly.

Rita hizo su segundo show entre aullidos de estudiantes del secundario.

La noche de la conferencia todos decidieron olvidar el plantón de Ray con la prudencia de quien abre una puerta equivocada. La solterona atravesó sonriente el salón de actos del Jockey Club, tomó a Ray del brazo y lo condujo hasta el escenario. No había más de cincuenta personas.

Escucharon candorosamente. Afirmaban con la cabeza en las pausas de Ray, y parecían realmente interesadas. En la primera fila había cuatro militares de uniforme ("Socios de toda la vida, familias tradicionales de acá de Rosario", susurró una voz a los oídos de Ray. "Tiene que venir a ver el Centro Cultural que inauguraron hace poco. Esta gente ha hecho cosas por la cultura") y otros funcionarios de civil que representaban a la administración cultural.

La mayoría de las mujeres eran rubias de pelo lacio, hablaban inglés desde que tenían memoria y —pensó Ray— tenían la natación insegura de las pupilas de internado.

Al final hubo un segundo de silencio, hasta que todos advirtieron que debían aplaudir. Lo hicieron calurosamente. Ray apenas agradeció con un movimiento de cabeza. Durante la cena comprobó que estaba entre argentinos bien educados que tomaban los cubiertos desde el extremo y cortaban la carne con la precisión de un cirujano manejando el escalpelo. Los comentarios fueron disímiles, pero se resumían en el mismo extrañamiento: nadie se explicaba cómo la Argentina, un país Elegido por Dios para Tenerlo Todo, atravesaba esta crisis, que era la peor de su historia, sin duda. Ray los imaginó como viejos nobles europeos en un castillo destruido. También eran crueles: en el fondo cambiarían sin dudar aquel castillo por un piso en Key Biscaine. Describían su decadencia de un modo tan ajeno, que éste parecía un país ocupado.

—Y... ¿cómo nos ve? —le disparó uno de los militares mientras se pasaba la servilleta por la boca.

—¿Perdón? —dijo Ray

—¿Cómo nos ve, como ve a la Argentina, qué le parece?

—Bueno... hace sólo un día que llegué.

—El señor Carver es un diplomático nato —sonrió la solterona.

—No, no es eso. Me parece fascinante el río —dijo, y se quedó en silencio. Pudo oír el tintineo de los cubiertos contra el fondo de los platos—. Y hay también una sensación de ausencia...

—A eso llegamos, a reparar esa ausencia. Falta de valores —tosió el militar mientras un mozo llenaba silenciosamente su copa de vino—. Ausencia de República.

Ray sonrió.

—¿Le gustaría vivir acá? —preguntó una mujer.

—Por qué no.

—García Lorca estuvo a punto de hacerlo —agregó el viejo sentado junto a la mujer—. Vino a Rosario para el estreno de *Yerma* y se enamoró perdidamente de un mozo de parrilla, fijesé.

Todos habían escuchado la historia mil veces.

—La parrilla esa que quedaba en Sarmiento...

—Y San Lorenzo.

—Sí. Justo en la esquina; ahora hay una mueblería. Bueno, García Lorca tenía que volverse a Buenos Aires pero se quedó más de quince días acá, en Rosario. Parece que iba todos los días a ver al muchacho. Lo miraba de lejos, mientras el otro atendía.

—¿Nunca le habló? —se interesó Ray.

—No, nunca le habló. Al tiempo se aburrió y se fue. Vaya a saber qué habrá pensado ese hombre.

—O el muchacho —dijo la mujer—, que ni debía saber quién era Lorca.

—¿Ustedes recuerdan *Muerte en Venecia*? —preguntó Ray

—Sí. La película de Visconti —se entusiasmó uno de los jóvenes.

—La novela de Thomas Mann.

—¿Tomamos café en la biblioteca? —ordenó el Presidente de la Comisión.

Las mujeres se pusieron de pie, adelantándose en un pequeño grupo. Ray preguntó dónde quedaba la terraza.

—Vuelvo en un minuto— dijo—. Voy a tomar un poco de aire.

El río se reflejaba en las ventanas del comedor Ya no estaba el bote. Tal vez el pescador temía que el pez volviera a escapar. La escena era perfecta, si lo del bote se repetía en ese momento.

Cuando niño le indignaba ese segundo de error en la realidad que provoca que las cosas sucedan a destiempo. Quizá escribía sólo para devolver las cosas en el orden correcto.

Nunca volvería a esta ciudad. Lo supo al bajar del tren, y antes de que una mano solícita le ofreciera llevarse las valijas.

Iba a perder esa ciudad —en la que en algún momento, esta misma tarde, soñó vivir— y sin embargo estaba solo, parado en una de las terrazas, dejándose llevar por el futuro.

Esa noche, en el hotel, reconstruyó las imágenes como un detective. Puso cada palabra con el cuidado del que quita una astilla. Necesitaba, por esa noche, detener el río. Y el pez. Escribió:

Cutlery

Rodaba el anzuelo veinte pies detrás del bote,
bajo la luz de la luna, cuando el enorme salmón dio con él,
y saltó tieso fuera del agua. Como sostenido en su propia
                                    [cola.
Cayó después al agua y desapareció.
Conmocionado, puso proa al puerto
como si nada hubiese sucedido. Pero sí.
Sucedió. Y del modo en que lo he narrado.
Llevé ese recuerdo conmigo a Nueva York
y más allá. A todos los sitios en donde estuve
a lo largo del camino hasta aquí,
la terraza del Jockey Club,
Rosario, Argentina.
Desde donde miro el ancho río
que refleja la luz de las ventanas abiertas del comedor.
Estoy fumando un cigarrillo,
escuchando el murmullo de los oficiales y sus esposas,
el sonido dispar de los cubiertos sobre los platos. Estoy
                                    [vivo
y bien, ni feliz ni infeliz,
aquí, en el Hemisferio Sur. Por eso soy el más sorprendido
al recordar aquel pez perdido
alzándose del agua y retornando a ella.
El sentimiento de pérdida que me embargó entonces
aún me embarga. ¿Cómo transmitir esto que siento?
Adentro ellos siguen conversando en su propia lengua.
Yo decido caminar. Junto al río.
Es la clase de noche que acerca ríos y hombres.
Voy en una dirección. Me detengo,

descubro que no me acercaba. No en los últimos tiempos.
Es esta espera lo que me ha acompañado
dondequiera que fuere. Pero ahora se abre
la creciente esperanza de que algo va a alzarse
y volverá a caer.
Yo sólo quiero oírlo y seguir camino.

Palacio de Justicia

Podría comenzar la historia con esta frase:

A esta hora, en algún lugar de la ciudad, mi verdugo cocina huevos fritos.

¿Pero cómo hacer literatura con la muerte? Escribo estas líneas en un país donde la única muerte cierta es la muerte individual. Muere un hombre: ¿cómo pueden morir miles de hombres? ¿Qué son miles de hombres? Varios pares de miles de ojos, una mosca inmensa escapándose por la ventana.

Asisto a la muerte desde que tengo memoria: se la ve en los ojos de los habitantes de Sarandí; aquél murió una mañana de abril, el día que le negaron el camioncito rojo, esta otra murió hace tiempo, barría la vereda y supo, sin recibir ninguna señal, que él no volvería jamás.

Nunca quise enterarme de la muerte de mis compañeros del secundario; los evito. Me niego a averiguar la suerte de Alicia, a saber en qué terminó el futuro brillante de Daniel. Supe que Martín, lector empecinado de Henry Miller y baterista a horas insolentes, trabaja en Tribunales. Una mañana lo vi y le esquivé la mirada.

A los veintinueve años conocí la venganza de la muerte; su lento avance, su destrucción. Un día de agosto de 1989 viví la muerte de mi padre después de una larga internación en un hospital del Parque Centenario.

La muerte huele.

Esta historia, sin embargo, se refiere a otras muertes.

Vivimos el pasado como si fuera un sueño: sufrimos mientras caminamos por él, nuestro pulso se acelera y los ojos se desorbitan. Poco después sólo recordamos fragmentos del sueño y días más tarde dudamos de su existencia.

Ese nombre.

Aquella mujer.

Ese número.

Pequeñas piedras negras entre la arena.

Acorralados por la incertidumbre buscamos datos, fechas, referencias, con la desesperación con que se arrastran los viejos a la iglesia cuando presienten el aleteo de la muerte.

El periodismo acepta esa inocente pretensión de explicar la realidad. Intenta abrir sus pliegues hasta extenderla sobre la mesa. Una vez abierta se la podrá entender. Pero el objeto de estudio se burla de la ciencia: es redondo cuando lo acercan a la mesa, se astilla en mil partículas mientras lo estudian y se hace humo al ser puesto bajo el foco del microscopio.

La escena es torpe: investigamos con la avidez y la soberbia de un entomólogo frente a una colonia de insectos. Lo que se ve, sin embargo, es una colonia de insectos investigando a un entomólogo.

La historia de Osvaldo Paqui Forese no es muy distinta de la de Alfredo Astiz, el marino que asesinó a las monjas francesas y a Dagmar Hagelin y que se infiltró entre las Madres de Plaza de Mayo. O la del teniente Radice, *Rudger*, que declaró durante el Juicio a las Juntas:

—Yo sólo disparaba contra blancos móviles.

Rudger salió de la pantalla de cine para cumplir casi todos los pasos de Dirk Bogarde en *Portero de noche*: se casó con su víctima, a la que conoció en la mesa de torturas, la ex montonera Barbarella, tuvo hijos con ella y —reincorporado a la vida civil, libre de culpas después de la Ley de Obediencia Debida— montó un pequeño astillero en la zona norte de Buenos Aires.

Estas vidas enfrentan a la especie humana, a su esencia. Hay algo sórdido y al mismo tiempo atractivo en imaginarlas: nombres dobles, departamentos vacíos, teléfonos que nunca sonarán, personalidades que se construyen durante un viaje en colectivo; sube *Rudger* y baja Radice, besa a sus niños, no parece turbado, no parece que acabara de sufrir un golpe, los abraza con naturalidad: es papá que vuelve del trabajo, por la noche veremos la televisión.

A mediados de octubre de 1988, cuando se inició esta crónica sobre Paqui Forese me impulsó una seguridad: los animales temen a los papeles. A lo largo de este tiempo descubrí lo contrario: no les temen, los embisten.

Los papeles forman parte de otra lógica en la que la muerte no huele; se la relata en el lenguaje de los expedientes, se la amortigua con terceras personas, lo tachado vale, el dicente asegura, se presentó, y dijo, y asegura haber asistido a, en la ciudad de Buenos Aires a los tantos días.

El domingo 16 de octubre, cuando la nota que sigue se publicó en *Página/12*, nunca imaginé que esta historia tendría un final tan imprevisible como el de los abandonos o los viajes.

Estos eran los datos, y las fechas:

El grito recorrió todo el edificio de la UOM. Las paredes parecían de papel:

—¿Me querés decir qué hace acá el zurdo ése?
—Jorge Hugo Dubchak, uno de los guardaespaldas, estaba fuera de sí.— A vos, Gallego, a vos te pregunto.

Juan Carlos Rodríguez, el Gallego, salió dando un portazo.

—¡A vos te pregunto, hijo de puta! —insistió Dubchak.

Osvaldo Forese le hizo señas para que bajara la voz. Después se oyó el sonido del ascensor que se detenía, y un grupo de voces dirigiéndose a la oficina del Loro. Esa tarde Lorenzo Miguel le regalaría un automóvil blindado a Juan Manuel Abal Medina, dirigente montonero. El coche, preparado por la empresa Borges, relucía en la puerta.

Jorge Dubchak sintió que cargaba una bolsa de cemento en la espalda. Lo habían traicionado. Monologó un largo rato, a nadie, escupiendo bronca: "Si estos tipos hacen nomás el arreglo con el Loro, yo voy y lo boleteo a Abal. ¿Para qué carajo los necesitamos a los bolches esos, me querés decir?". César Enciso, el Indio Castillo y el Paqui Forese también estaban desolados: cuatro marionetas en un teatro vacío.

"Voy y lo mato ahora mismo", dijo Dubchak levantándose de golpe. Pero un brazo lo detuvo y devolvió al asiento. Aquella amenaza de Dubchak circuló media hora después por todo el edificio de Cangallo 1348.

Esa noche Jorge Dubchak pensó en renunciar a la UOM. Pero se enunció a sí mismo una lista de excusas para convencerse de lo contrario: ahora tenía plata fácil, coches y buenos contactos. Su otro trabajo, en la Brigada de Investigaciones de Avellaneda, sólo le daba una pequeña entrada fija. Por eso aceptó el traslado a Puente Doce, en la División Cuatrerismo. Pero se pasaba el día viajando: de Wilde a Camino de Cintura y Ricchieri, de ahí a Cangallo. Pino Enciso le dio un motivo mejor:

—Hay que pelearla desde adentro —le dijo.

Tenía razón.

Las mañanas son más lentas en Wilde. En el resto de la ciudad pasó volando, pero la mañana del 24 de julio de 1975, en Wilde, se demoraba en concluir. El viejo Juan Dubchak —inmigrante polaco, ferroviario— hizo tiempo mateando hasta que su mujer, Elena Duchón, le advirtió:

—Vas a gastarlo de tanto chupar —y Dubchak se lo devolvió con una sonrisa.

Jorge, su hijo, dormía en una de las piezas del fondo de la calle Lynch 223. Juan oyó el motor de un coche que se estacionaba enfrente. Después hubo unos golpes a la puerta y salió a mirar:

—Dígale a Jorge que lo buscan los muchachos —le anunció una cara conocida. Dubchak padre entró a transmitir el mensaje.

Al rato salió Jorge, con los ojos rojos de sueño. Se acomodó en el asiento trasero de un coche azul que dobló por Lynch y retomó avenida Mitre hacia el centro. La radio del auto decía que esa tarde Luder iba a asumir como Presidente Provisional, en reemplazo de Isabel. Proseguía el plan de lucha de los empleados de comercio.

—Apagá, querés —ordenaron desde atrás.

Dubchak intentó acomodarse entre dos de sus compañeros. De a ratos cabeceaba, vencido por el sueño. A cuatro cuadras del Puente Pueyrredón se sorprendió:

—¿No íbamos para La Plata?

—No. Vamos a Cangallo.

Supo que algo andaba mal.

—El Gallego quiere hablar con vos —le dijo el conductor.

El coche estacionó frente a la UOM. Minutos después la realidad se transformó en una interminable serie de diapositivas: Dubchak creyó adivinar el rostro del Gallego Rodríguez, oyó un insulto, luego un disparo, después otro, vio cómo el piso se le venía a la cara, oyó la voz del Oso Fromigué y ya tenía la cabeza en el piso cuando las luces se apagaron. Creyó ver los zapatos de Juan Carlos Acosta a centímetros de su cara y después no vio nada más.

Al rato, alguien levantó del piso la cigarrera que el teniente coronel Osinde le había regalado a Dubchak años antes. Iban a darle mejor uso.

—Al pedo te llamás así —le dijeron a Carlos Monzón, cocinero del edificio, cuando se negó a cortar el cadáver de Dubchak. Alguien llamó entonces a Rudolf Kramer, un médico berlinés, colaborador ocasional del sindicato. Kramer completó el trabajo sucio: trozó el cuerpo de Dubchak, y sus partes fueron luego incineradas en la caldera de la UOM.

Era el comienzo de una batalla entre bandas.

Cuatro días después dos coches se cruzaron frente al de Rudolf Kramer cuando éste volvía desde el centro hacia su casa de Pilar. Kramer frenó y recibió tres descargas de ametralladora.

Esa misma tarde César Pino Enciso oyó el portero eléctrico de su departamento en Arenales al 2800, y la intuición lo llevó a bajar por la escalera. Rodríguez lo esperaba en la planta baja. Primero disparó contra la puerta del ascensor que bajó vacío. Después giró y acertó ocho disparos en el cuerpo de Enciso, quien no atinó a reaccionar.

Cuando su suegro, el general Otto Paladino, se enteró del suceso, pidió que a Enciso lo trasladaran de inmediato al Instituto del Diagnóstico, y allí pudieron salvarlo. Los "socios" de Dubchak —Aníbal Gordon, Miranda y Forese— organizaron cuidadosamente el contraataque: balearon la casa del Oso Fromigué en La Plata (el intercambio de disparos fue tan grande que la policía local tuvo que pedir la intervención del Ejército). Cuando llegó al lugar el Regimiento 7 de Infantería bajo las órdenes del coronel Soldatti, los atacantes ya se habían esfumado.

El domingo 12 de octubre de 1975 nadie pensaba ya en aquel enfrentamiento. Ese día Juan Carlos Acosta y su mujer, Graciela, arreglaron para encontrarse con una pareja amiga, Silvia y Eduardo Aníbal Fromigué.

Desde fines del 73 Acosta y Fromigué eran custodios en la UOM. La amistad de las parejas era anterior: hasta se casaron en una ceremonia conjunta en una iglesia de San Martín de los Andes.

A las once de la mañana, Acosta estacionó su Ford Falcon blanco frente al hotel Cibeles, en Virrey Ceballos entre Alsina y Moreno, y Graciela bajó a buscar a sus amigos. Acosta apoyó la cabeza contra el marco de la ventanilla, al brillo del sol. Nada podía delatar en su rostro que el auto era robado. Había asaltado al dueño el 6 de octubre en el Camino de Cintura, a la altura del cruce de Lomas, y lo había arrojado de su propio automóvil en marcha cerca del Tiro Federal.

Acosta fue procesado por robo de automotor el 20 de noviembre de 1971. Eduardo Aníbal Fromigué, el hombre que salió del hotel, tenía los mismos antecedentes: robo de automotor a mano armada, pero el día 4 de agosto de ese año.

Fromigué salió abrazando a su mujer, Silvia, mientras acomodaba su Browning 9 mm (número de serie 1630) con la mano izquierda. Cuando Graciela, la mujer de Acosta, se instaló en el asiento delantero, sus pies corrieron la alfombrilla del auto, dejando al descubierto una ametralladora Halcón semiautomática sin número. Graciela se sobresaltó, su marido no le prestó importancia. Puso la alfombra en su lugar y discutió con Fromigué y las dos mujeres el programa del día: almuerzo en Quilmes, tarde en el recreo Rutasol, cine a la nochecita en el centro y después una cena en algún lado.

Cuando entraron en el restaurante Mi Estancia, de Florencio Varela, en la noche de aquel domingo de octubre de 1975, había doce personas en el lugar. Eligieron la mesa 45 de la tercera fila y, mientras se sentaban, Fromigué miró el reloj de pared: eran las 22.30.

Cerca de las 23.00, Manuel de Jesús Paz, el playero, vio entrar un Ford Falcon blanco con cuatro pasajeros. Media hora más tarde entró un Torino negro.

Aníbal Gordon, el Tío, iba al volante del Torino. Su padre había sido Director del Correo Central y venía de una familia acomodada. Cuando en los Tribunales se le preguntó su profesión dijo: "Industrial", y dio una dirección en San Isidro. Había sido detenido en 1972 por tenencia de armas de guerra y explosivos; un año más tarde salió en libertad con la Ley de Amnistía. Se ufanaba de su amistad con José Ignacio Rucci.

César Enciso (alias Pino, Pinito, Ojo de Vidrio), ya recuperado de las heridas de bala, continuaba su noviazgo con la hija del general Paladino —con la que se casó en 1978—, y acumulaba varias causas por privación ilegítima de la libertad, tentativa de homicidio y secuestro. "Comerciante", había escrito en el formulario de Tribunales donde preguntaba Modo de Vida o Profesión.

Víctor Gard, otro de los pasajeros del Torino, había declarado en Tribunales que su profesión era "Artesano", cuando fue procesado por tenencia de armas de guerra (que, según el propio Gard, "se encontraba reparando, y eran armas de colección".)

Osvaldo Paqui Forese era militante de la CNU y amigo de Jorge Dubchak, al que había conocido en la Guardia Restauradora Nacionalista, un grupo integrista de ultraderecha.

En el Falcon blanco, el grupo que consumía la espera estaba compuesto por Carlos Alberto Miranda, alias Anteojito (quien no podía sospechar esa noche que en abril de 1988 sería detenido por el juez Piotti como integrante de otra banda de ultraderecha, junto al ex teniente coronel carapintada González Naya); Antonio Jesús, alias Tony, que había sido compañero de secundaria de Fromigué: egresaron juntos en 1970; (Tony tampoco podía adivinar que en 1988 estaría trabajando en el Bloque Justicialista de la Cámara de Diputados provincial. Cuando se le preguntó por esa noche, dijo ante el juez: "Ese día, el 12 de octubre de 1975, yo había viajado al Brasil por la empresa PLUNA"); Ricardo Oscar Calvo, que había conocido a

Enciso durante un asado partidario en Quilmes y jugaba al rugby con Antonio Jesús; Carlos Castillo, alias el Indio, la última silueta del Falcon blanco, que había sido procesado por tenencia de armas de guerra, falsificación de documento público, violación de domicilio y amenazas, militó con Jesús y Calvo en la CNU, y que, según dijo años después ante el juez, "en esa fecha trabajaba en el Ministerio de Economía".

El mozo Juan Maidana levantó el segundo plato de la mesa 45. Tomaba nota de los postres cuando vio, por una de las ventanas, que una silueta se movía entre las sombras. Afuera, Aníbal Gordon volvió al Torino y ordenó bajar al grupo.

—Vos abrís la puerta —le dijo Enciso al Caqui Forese. El Paqui sonrió: era su especialidad, no había puerta que se le resistiera.

A las 23.45 la puerta del restaurante estalló en pedazos. Los dos grupos entraron gritando "¡Policía Federal, nadie se mueva!". Juan Carlos Acosta reconoció los rostros y manoteó una Colt 11.25 que no llegó a disparar. A su lado cayeron dos cargadores. Su mujer, Graciela Chej Muse, murió en el acto. Eduardo Fromigué alcanzó a disparar su Browning pero también fue muerto en el acto. Junto al cuerpo se encontró un carnet de la UOM y una credencial falsa de la Policía Provincial con el número 2974. Silvia Rodríguez fue alcanzada por una ráfaga de ametralladora y cayó junto al cuerpo de su esposo, pero no murió. Dos personas lo advirtieron: Mamerto Puchete, uno de los mozos, y Enciso, que disparó otras dos ráfagas sobre las piernas de Silvia.

Jorge Dubchak había sido vengado.

A la medianoche llegó un patrullero con el comisario Resia, el oficial Ojeda y el fotógrafo policial Gaspar Mancuso. En la playa de estacionamiento encontraron un cargador FAL calibre 7.62 con siete cartuchos.

Un día después de la matanza el abogado Fernando Torres recibió un llamado de su amigo, el Gallego Rodríguez, jefe de custodia de la UOM. Torres era en aquel momento director nacional de Policía del Trabajo (había asumido con la administración Cámpora) y, a la vez, director de Asuntos Jurídicos de la CGT y la UOM. Este detalle habla de la versatilidad del abogado: podía ser, al mismo tiempo, controlador y controlado. En esos años desconocía que, durante los ochenta, iba a convertirse en el abogado defensor de Firmenich.

Rodríguez lo llamaba para pedirle que gestionara la entrega de los cadáveres de Fromigué y Acosta. Rodríguez y Torres eran viejos amigos desde 1967, cuando Rodríguez intentó, junto a otros militantes fascistas, desembarcar en las Malvinas.

Aníbal Gordon y Torres se relacionaron en 1971, cuando éste lo había defendido por el asalto al Banco de Río Negro.

Torres hizo el trámite con prolijidad farmacéutica: se comunicó con la comisaría de Florencio Varela, fijó con Rodríguez una cita en el cementerio local y pidió dos ambulancias. Torres supo ese día que Silvia

Rodríguez, la viuda de Fromigué, había sobrevivido. Tuvo una idea impecable:

—Si los reconoció, que declare ante un escribano y dé los nombres de todos los agresores.

El 16 de octubre de 1975 la escribana Olga Chorroarín de Bonnefó golpeó la puerta de la habitación 319, en el séptimo piso del Policlínico Central de la UOM. Silvia Rodríguez estaba convaleciente, pero en perfecto estado de conciencia. En su pormenorizado relato de la matanza, la mujer soltó con inocencia:

—¿Cómo no los voy a conocer si eran todos compañeros de trabajo de mi esposo en la UOM?

Dio nombres, direcciones y apodos. A la firma del testimonio asistieron dos testigos: Antonio Wenceslao Cunningham empleado del Políclinico desde 1943, y Osvaldo Ángel Vigna, empleado de la clínica desde 1970. La escritura se diluiría con el tiempo y algunas amenazas. Cunningham declaró ante un juez que no "recordaba haberla firmado, aunque sí reconoce que es su firma". Vigna tuvo más imaginación: "Aquel día el doctor Bracutto, director del Policlínico, me pidió prestados los documentos no sé para qué y al rato me hicieron firmar un papel".

Recién en 1985 Silvia Rodríguez declaró en la causa abierta por la matanza. Aun cuando pudo constatarse que la escritura era real, negó que fuera su testimonio.

No todos los sobrenombres cambiaban en Orletti, el campo de concentración que funcionó durante la dictadura en Venancio Flores y Emilio Lamarca, de Floresta. Aníbal Gordon, en 1976, dejó de llamarse el Tío para convertirse en el Jova, o el teniente coronel Silva. Osvaldo Forese seguía siendo el Paqui o, por extensión, el Paquidermo, sobrenombre basado en su capacidad para derribar puertas a patadas.

El 13 de julio de 1976 derribó la puerta de calle de Víctor Martínez 1480. Fue la cara de Forese la que quedó fijada en la memoria del periodista uruguayo Enrique Rodríguez Larreta. El grupo de tareas de Orletti lo secuestró junto a Raquel Nogueira. Esa noche la camioneta que los trasladaba se detuvo dos veces más. Hubo otros dos secuestros, uno en Corrientes y Dorrego y otro en Pasteur al ochocientos.

Orletti —también denominado El Jardín— era utilizado por fuerzas conjuntas uruguayo-argentinas. El jefe de la División 300 de Inteligencia, el mayor uruguayo Gavazzo, dirigía los interrogatorios con la colaboración de oficiales de la OCOA (Organismo Coordinador de Operaciones Antisubversivas).

Aníbal Gordon se paseaba por el campo con uniforme militar y gorra ladeada. Los secuestrados que identificaron a Paqui Forese superan la decena: Nelson Bermúdez, Margarita Michelini, Raquel Nogueira, Raúl Altuna Facal, entre otros. Las descripciones son coincidentes: un hombre corpulento, macizo, que hacía alarde de lo que robaba en los allanamientos, de mucho pelo y peso considerable.

El 19 de julio de 1976 un tal Osvaldo Forese fue detenido por orden del juez Nelky Martínez, como partícipe de la matanza del restaurante de Florencio Varela. Cuando el detenido llegó a Tribunales advirtieron el error: se trataba de otro Osvaldo Forese, homónimo del imputado.

Este Osvaldo Forese era un estudiante de ingeniería que trabajaba en Siemens y que durante los cuatro años siguientes lamentaría su mala suerte. La policía lo detuvo en su casa de Rocha 94, en San Martín, y aun cuando era evidente que no se trataba de la misma persona; fue sobreseído provisionalmente tres meses más tarde: el día 30 de octubre. El abogado del estudiante Forese apeló ante la Cámara pidiendo el sobreseimiento definitivo, que se le concedió. Llevaba la firma de otra persona que volverá a mezclarse en esta historia: el juez Ernesto Domenech, en ese momento secretario de la Cámara Octava de Apelaciones en lo Penal de La Plata. Domenech se topó con el Paqui Forese auténtico en una causa reciente por robo de cheques.

El juez Nelky Martínez no produjo otras novedades en la causa de Florencio Varela desde 1976 hasta 1980. Entonces los expedientes comenzaron a moverse con lentitud hasta que el 8 de octubre de 1985 aparece un curioso pedido de informes: el juez pregunta al Registro Nacional de las Personas si el DNI 10.760.653 corresponde a la Cédula de Identidad 7.081.454, de Osvaldo Forese. Los dos números de documentos mencionados no eran de Paqui Forese, sino del homónimo, que había sido sobreseído nueve años antes.

En el último año de la dictadura la historia de Paqui se pierde: está en libertad, mantiene varios pedidos de captura, vuelve a vincularse con la ultraderecha peronista y se muda a la Capital. El 16 de noviembre de 1985 firmó un contrato de alquiler por un departamento en Hipólito Yrigoyen 2105, piso 8°, "B". Durante la firma su garante, María Cristina Pautazzo, se presentó como propietaria de un laboratorio, en el que trabaja Forese.

Forese incurrió en un olvido desde el comienzo del contrato: jamás pagó el alquiler, ni las expensas, ni las facturas de Obras Sanitarias. Un año después se inició la demanda de desalojo. El Paqui no trataba con los vecinos, que lo veían salir temprano a la mañana y regresar muy tarde por la noche. Estacionaba en la puerta del edificio su Ford Falcon con chapa B/1.536.788, y un permiso de Libre Tránsito del Concejo Deliberante. Nunca recibió correspondencia en ese domicilio, y contó con el mudo respeto del portero: todos decían que el del octavo "B" era amigo de muchos concejales.

El 3 de diciembre de 1984 Catalina Raspa dejó su Fiat 600 modelo 74 estacionado frente a la avenida Caseros 1501, y bajó a hacer un trámite. En el coche quedó una chequera del Banco Provincia que nunca volvió a encontrar.

El 10 de marzo de 1985 Forese entregó uno de los cheques robados a la empresa Fracchia. A mediados de ese año un grupo de peritos comprobó que la firma había sido falsificada por Forese, quien pidió eximición de prisión "por carecer de antecedentes". El 24 de diciembre le fue concedida, y salió libre bajo caución juratoria.

1987 fue un buen año para Forese. El 23 de junio se dejó sin efecto su pedido de captura en la causa del campo de concentración Orletti, por quedar comprendido dentro de la Ley de Obediencia Debida. El 28 de octubre el comisario Ángel Silvestro, jefe de la División Prontuarios de la Policía Federal, informó a la Cámara que la orden de captura había sido dejada sin efecto en todos los legajos. La lista comprendía también a Gordon, Ruffo, Paladino y otros viejos camaradas.

El 8 de abril de 1988 llegó a su fin el juicio de desalojo por el departamento de Hipólito Yrigoyen. Empleados del juzgado y la policía embalaron los muebles del octavo "B". En la casa no había nadie. En el inventario se registró, al pie, una curiosidad; todos los artefactos electrónicos carecían de numeración: una bandeja Technics, un radioamplificador estéreo JVC, un televisor Talent.

—Es todo trucho —dijo uno de los empleados. A las diez y media de la mañana Forese subió los ocho pisos por la escalera y a los gritos. Pudo impedir que se llevaran los muebles y logró que se los trasladaran al sanatorio Beltrán, donde trabajaba como gerente operativo.

El viernes 9 de septiembre de 1988, durante un acto masivo de la CGT, provocadores de los servicios de inteligencia produjeron disturbios en la Plaza de Mayo. La imagen más recordada será la rotura de las vidrieras de la sastrería Modart, y su saqueo posterior. Enrique Rodríguez Larreta, periodista uruguayo exiliado en Suecia, reconoce a Paqui Forese en las fotografías que aparecen un día después en la prensa. Paqui Forese fue indagado por el juez Blondi, que lo liberó de inmediato luego de compararlo con las fotografías: en las fotos aparecía "más alto, y las orejas eran distintas".

Conocí a Forese ocho meses después. Era más bajo y más gordo que en las fotografías. Me miró a menos de dos metros de distancia y pensé que también él comparaba mi imagen con la que había construido en su memoria. Desde la publicación de la nota los roles se habían revertido: él era el acusador y yo el acusado, en una causa por calumnias e injurias:

La secretaria del juzgado dejó los cigarrillos al lado de la máquina de escribir, y acomodó los papeles. Forese sonrió.

Los verdugos tienen el tiempo a su favor: ellos dominan la tensión, la oportunidad. Encuentran un extraño placer en ver correr al ratón por la jaula. Si la jaula es tan grande que el ratón no puede imaginar los límites, el placer es mayor.

Sobre el cierre relámpago de la campera azul y roja, Forese llevaba un rosario blanco. Hace quince años era una de las claves de identificación de la Triple A. Luego lo fue de los carapintadas.

Todos atravesamos la puerta de aquel juzgado conociendo cada detalle de lo que iba a suceder:

la justicia era una ceremonia vacía. Las preguntas, nuestras respuestas, las especulaciones sobre preguntas y respuestas propias y ajenas. Sólo desconocíamos el desenlace. Era temprano. La secretaria se obstinó en tipear la fecha y la ciudad en una hoja que de inmediato se agregó a otras que también daban cuenta de la ciudad y la fecha. En mi cabeza resonaron las voces que me habían dicho la semana anterior:

—Acordáte de la audiencia de Forese.

—A las diez en el bar de al lado.

—No nos rectificamos.

—¿Cómo nos vamos a rectificar?

—¿Qué juzgado es?

—Ustedes saben que esta es una audiencia de conciliación —explicó lenta y pedagógica, la secretaria. Y escribió: "Solicitada una rectificación al querellado"—. ¿Entonces? —dijo, y esperó.

Evité una vez más la mirada de Forese: sabía que me miraba, no dejaba de hacerlo. No quise que descubriera el miedo en mis ojos.

—No nos rectificamos —dijo mi abogado—. Lo que se publicó sobre el señor no es una calumnia.

La secretaria se mostró levemente compungida: la causa iba a transformarse en un vegetal, crecería lenta y silenciosamente.

—Acá —dijo la mujer, y dio vuelta la hoja.

—¿Yo también firmo?

—Sí, usted también.

—Acá, por favor.

—Sí.

—Gracias.

—Usted acá abajo.

Repartió los documentos de identidad controlando cada una de las fotografías.

Todos saludamos a la secretaria.

La abogada de Forese tomó su paraguas y salió primero. Forese le dio la mano a mi abogado y se encaminó hacia la puerta.

Estábamos a menos de medio metro el uno del otro cuando nos miramos de frente:

—Los caminos de Dios son insondables —me dijo, y salió al pasillo.

"La crítica arquitectónica no ha sido, en general, favorable al Palacio de Justicia. Se ha objetado su extrema severidad, la distribución de escaso sentido práctico y la ornamentación neogriega diseminada por los lugares más inesperados sin mayor lógica en su diseño, como la demuestra la variedad de acróteras de todos los tamaños. La influencia griega, romana y egipcia responde a conceptos de la época, a los que deben reconocerse valores espirituales" (del diario *La Prensa*).

Cuando el 25 de noviembre de 1902 se aprobó por decreto el plano de construcción de los Tribunales del arquitecto Norberto Maillart, el edificio era la copia a escala de un palacio francés que, en su versión original, ocupaba dos manzanas. La obra se reformuló en 1915, en medio de un escándalo por un negociado con los terrenos, que se ventiló en el Parlamento. Recién se terminó en 1942.

La justicia argentina construyó su mejor metáfora: en el Palacio de Justicia hay escaleras que no llevan a ningún lugar, puertas que se abren a terrazas, pasillos que desembocan en una pared.

Entré en ese edificio con una citación del Patronato de Liberados, a las diez menos cuarto del 23 de noviembre de 1989. Procesado por la causa Forese, tenía que rendir un "informe de personalidad". Semanas antes, siguiendo escrupulosamente los artículos 40 y 41 del Código Penal, la policía visitó mi casa y habló con los vecinos:

—¿Paga sus deudas?

—¿Vuelve tarde?

—¿Cómo son sus amigos?

—¿A qué hora le dijeron? —me preguntó un empleado.

—Diez menos cuarto. —Miré el reloj y le entregué la citación—. Son las diez menos cuarto.

Había dos largos bancos de madera contra la pared, y el salón estaba atestado de gente. Era la única persona con saco y corbata, y pensé que podían confundirme con un funcionario. Un tipo de unos cuarenta años cruzó la sala lentamente. Contaba las baldosas. Tenía los brazos quemados y las manos hinchadas. Esas manos debían dolerle mucho. Hizo una mueca de dolor y consiguió prender un cigarrillo.

—Boneto —dijo la puerta.

El tipo se dio vuelta de inmediato, sumiso, y entró. Al mismo tiempo salió un chico. Una vieja con la boca empastada de rouge saltó de uno de los bancos y lo tomó del brazo, acariciándole la espalda. Se sentía orgullosa de ese chico. Pensaba, quizá, que el futuro podía ser distinto.

—Lanata —gritó la puerta.

Había mucha más gente dentro del salón que afuera. Tenía el aspecto de un panal. Unos treinta escritorios, con un funcionario y un indagado enfrentados en cada mesa.

—Por acá —dijo la mujer.

Se acomodó en uno de los escritorios del fondo, molesta. Yo acababa de arruinarle el desayuno. En uno de los cajones había galletitas, tres saquitos de té y una taza de plástico azul.

—¿Usted no sabe qué juzgado es? —preguntó.

—No, no tengo idea. ¿No dice la citación?

—Sí —se fijó—. Es el de Lavalle.

De inmediato relató que había estado en mi casa una mañana, dos semanas atrás, junto a la policía. Sacó de la carpeta una hoja de papel cuadriculado escrita a mano. Informó que todo iba a ser breve.

—Vivió con sus padres hasta la adolescencia, ¿no?

—Sí —le dije, e hizo una cruz en uno de los renglones.

—¿Y cómo fue su infancia?

Respiré profundo y reí.

—Normal.

—¿Tenía amigos?

—Sí.

—¿De dónde?

—Mi pasado es sumamente normal, no se preocupe. Soy un neurótico simple.

—Lo que quiero saber es si era un neurótico solitario.

—No. Soy, y era, un neurótico acompañado.

—Amigos del colegio, entonces.

—Sí.

—¿Tiene algún hobby?

Me imaginé guardando celosamente exóticas cajas de fósforos, estampillas o barquitos de madera.

—No. Me gusta mi trabajo. No tengo hobbies.

—Su hobby es escribir.

—No. Me pagan por eso. No tengo hobbies. No sé qué es un hobby.

Pero ella necesitaba que tuviera un hobby. Anotó: *Escribe*, al lado de "Hobby".

No frecuenta bares, ¿y si los frecuento, importa cuáles? Mantiene a su familia. Trabaja desde los catorce. ¿Los catorce? Sí, los catorce.

—Trabajó en la UNESCO.

—No, en la OEA.

Tachó UNESCO y puso OEA.

—Eso es todo —dijo la mujer, y se puso de pie. Tuve un estúpido ataque de compasión por ella. La imaginé en el almuerzo, ese mismo día, en uno de los cafés cercanos a Tribunales. Dos huevos duros, un yogurt, un café con sacarina. Podía abrazarla, o asesinarla, pero no podía hablar con ella. Nuestras voces serían sólo ecos.

—¿Usted sabe qué fue lo que hizo el tipo que me querelló? —le pregunté.

—No. No sé. ¿Fue una pelea?

Decidí explicarle, de todas maneras.

—Era guardaespaldas de la UOM, mató a otros guardaespaldas, y los testigos que en un principio lo acusaron, luego se desdijeron. Fue torturador en Orletti, ¿se acuerda de Orletti? Era el campo de concentración para uruguayos. Zafó por la obediencia debida.

Me quedé mirándola. Estaba agitado, como si hubiera sido yo el que acababa de confesar. La mujer me miró y no atinó a pronunciar una palabra. Sólo dijo:

—Gracias, señor.

—Gracias —le contesté—, buen día.

No lo he vuelto a ver. No camino en sentido contrario al del tránsito, no me cuido las espaldas y tampoco me vanaglorio de eso.

Nos acostumbramos al miedo como podemos acostumbrarnos al fracaso, o a la ausencia. Es un sentimiento tan abarcador que nos conforma hasta volverse cotidiano. Es extraña esta ciudad en la que los verdugos y las víctimas pueden encontrarse a la vuelta de una esquina.

Le decían Paqui —creo que ya lo dije— por Paquidermo, porque derribaba puertas de una patada. En las noches posteriores a la publicación de aquella nota esperé que mi puerta cayera derribada. No cayó. No sé si caerá alguna vez.

Supuse, mientras escribía, que él iba a leer estas líneas. ¿Lo necesito? ¿Necesito su ausencia, para sentirme más vivo?

El tiempo convirtió esta historia en una anécdota. Relaté esta anécdota a turistas, periodistas, abogados; todos se sorprendían ante la paradoja. Repetí esta historia ante un juez. La escuchó con atención, preguntó algunos detalles y comentó:

—¿Pero su abogado no interpuso la *exceptio veritatis*?

Sentí tristeza por él, no sólo por su destino. ¿Cómo dormir siendo juez?

A esta hora, en algún lugar de la ciudad, mi verdugo cocina huevos fritos.

Índice